新潮文庫

あやかしの仇討ち

幽世の薬剤師

紺野天龍著

新潮社版

12045

目次

登場人物紹介

空《う》洞《ろ》淵《ぶち》霧《きり》瑚《こ》

大学病院の漢方診療科で働く薬剤師。
現代医療における漢方のあり方に悩んでいたが、
ある日、白銀の髪の少女と出会い、「幽世」へと迷い込む。
そこで流行する「病」を前に、自分のできることを模索し始めるが……。
代々、漢方を家業としてきた一族の出身で、祖父や父も漢方家だった。

御巫《みかなぎ》綺《き》翠《すい》

幽世の巫女。怪異を祓う能力を有し、
同種の役割を担う人間の中でもその力は極めて強い。
一見、冷たい印象を与えるが、
感情表現が苦手なだけで、実は優しい心根の持ち主。
妹と二人で暮らしている。祖先は金糸雀とともに
「現世(現実世界)」と「幽世」の分離に関わった。

幽世《かくりよ》の薬剤師

あやかしの仇討ち

PARALLEL UNIVERSE CHEMIST

プロローグ

長かった夏が終わり、また厳しい冬がやって来る。

今はそのささやかな準備期間。鮮やかな紅葉《もみじ》の錦と涼やかな虫の声に、微かな寂寞《せきばく》の念を抱く――秋。

苛烈《かれつ》であった暑さも落ち着き、すっかり過ごしやすくなった薬処《くすりどころ》・伽藍堂《がらんどう》の店内で、空洞淵霧瑚《うろぶちきりこ》はいつものように患者対応に当たっていた。

脈診を終えた空洞淵は、半ば諦念《ていねん》めいたため息を零《こぼ》す。

「……やはりまた深いところに冷えが入っていますね。滝行を少し控えてみませんか」

淑《しと》やかに座り耳を傾けているのは、墨染の法衣を纏《まと》った艶麗《えんれい》な尼僧《にそう》。見た目の年頃は二十五、六あたりか。細身で色白の見るも美しい女性で、口元を飾るほくろが何とも色っぽく印象的だ。

街外れにある古寺、泰雑寺《たいぞうじ》の住職である菊理《くくり》愛染《あいぜん》。ちょっとした縁があり、以来彼女は定期的に診察を受けに来るようになっていた。

空洞淵の言葉を神妙な顔で聞いていた愛染は、大仰に頷《うなず》いた。

「――されどこれもまた遍《あまね》く衆生《しゅじょう》を救うための勤めにございます故《ゆえ》」

取り付く島もないというか、釈迦《シャカ》に説法というか。

薬師《くすし》としてはあまり過酷な修行に精を出してほしくない、というのが正直なところだったけれども……すでに説得を諦《あきら》めている空洞淵は、わかりました、と愛染の主張を大人しく受け入れる。

「では、またいつもの薬をお出ししますので、しばらく一日三回空腹時にお飲みください。それで当面は健やかに過ごせるはずです」

「いつもありがとうございます、空洞淵先生」

艶然と一笑する愛染。隠しきれず溢《あふ》れ出る色香を渋い顔でやり過ごして、空洞淵は弟子の榾《くるみ》に調剤指示を出す。

処方ができあがるまでの待ち時間にお茶でも出そうかと思っていたところで、愛染が包みを差し出してきた。

「こちら頂き物にはなりますが……よろしければ皆様で召し上がってくださいませ」

包みを受け取り、開いてみると……それはそれは立派な松茸《まつたけ》が納められていた。

松茸といえば、秋の味覚の王様である。

普段ならば深く考えずに喜んで頂戴《ちょうだい》するところだったが……近頃、厄介なきのこにまつわるいざこざに巻き込まれていた空洞淵は、つい顔を引き攣《つ》らせてしまう。

愛染は、そんな空洞淵を見透かしたように笑った。

「こちらは信頼の置ける専門の方から譲り受けたものになります。紛れもなく本物の松茸でございますから……どうか安心してお召し上がりください」

「…………」

元を正せば、そのいざこざを持ち込んできたのは愛染なので、些《いささ》か複雑な気持ちになるが……。ひょっとしたら、先の騒動のお詫びに持って来てくれたのかもしれない、と思い直し、ありがたく頂戴する。

「——ありがとうございます。最近穂澄《ほずみ》が少し気落ちしているので、これを持って帰ればすごく喜んで元気になると思います」

「まあ、それは重畳《ちょうじょう》でございます」

愛染は嬉《うれ》しそうに口元を袖《そで》で隠す。そうしていると、本当にどこにでもいそうな落ち着いた印象の淑女にしか見えない。

　空洞淵は改めて愛染の姿を眺め、まさかこの女性が、己の内に理想の世界を宿した自己改変者だとは——きっとお釈迦様でも気づかないだろう、と思う。

＊＊＊

　現実世界とは異なる位相に存在するもう一つの世界——〈幽世《かくりよ》〉。

　三百年ほど昔、〈国生みの賢者〉金糸雀《カナリヤ》によって作られた、怪異たちの楽園。

　ここでは、人と怪異がお互い干渉しすぎない程度に距離を保ちながら、概《おおむ》ね平和に共存を果たしている。

〈幽世〉には、不思議な法則がある。

　それは——人の噂が現実になる可能性を秘めている、というものだ。

　たとえば、あるところに、日の光を嫌い、肌が青白く、犬歯が鋭く、動物の血液を舐《な》めることに快感を覚える特殊な趣味の持ち主がいたとする。

　当然最初はただの人間でしかないわけだが、噂《うわさ》が広まりやがて「あの人は吸血鬼なのではないか？」などと囁《ささや》かれるようになっていくと……。

そのような認知の数がある閾値《いきち》を超えた瞬間——本人の意思に因《よ》らず、現実は改変され、その人は噂どおりの吸血鬼になってしまう。

まさに、人の噂が現実になるわけだ。

このように人々の噂から現実を書き換えられて誕生する怪異を、この世界では〈感染怪異〉と呼び、感染した者は〈鬼人《おにびと》〉と呼ばれる。

〈幽世〉創世のときから存在する、元々怪異として生まれてきたもの、たとえば本物の鬼や河童《かっぱ》などは〈根源怪異〉と呼ばれ、両者は明確に区別されている。

——ただし、この法則には一つだけ例外がある。

ごく稀《まれ》に、人々の噂を介さずして現実が書き換えられてしまうことがあるのだ。

たとえば修行僧などが厳しい修行によって新たな境地へ至る際、自己改変——つまり自分自身という存在を書き換えてしまうのだとか。

修行によって、ひたすら自己を見つめ直し、その果てに強固な自己認識を得る。

言うなればこれは、強烈な思い込みによって引き起こされる、自己限定の現実改変に他ならない。

もちろん、あくまでも例外中の例外の出来事であり、滅多なことでは起こらないのだが……それでも、そういったことも起こりうる世界である、と正確に認識しておくのはとても重要だ。

あるいはその例外的な〈思い込み〉によって、誰かの命が救われることだってあるのだから――。

空洞淵は、手の中の松茸を見つめながら、秋の初め頃に起こった騒ぎを思い出す。

い、い、光る椎茸によって引き起こされた、馬鹿馬鹿《ばかばか》しくも温かい、一人の男の物語を――。

月下悟入幻想

＊＊＊

——その瞬間、私は溢《あふ》れんばかりの光の中にいた。

決して完結しない情報の奔流。この世は、あまりにも多くの輝きに満ちている。

今になり、私はようやく世界の真理に至る。

日の光も届かない夜中であるはずなのに、視界は昼間のように明るく鮮明だ。

今際《いまわ》の際《きわ》に見る幻覚とも疑いそうになるが、この体験は徹頭徹尾、現実のものだった。

死をも覚悟したが……あ、の、お、方、への想《おも》いが、ようやくこの境地への扉を開いたということか。

色即是空。空即是色。

今ならばそんな世界の理《ことわり》も、我が身のことのように理解できる。

この上なく思考は冴《さ》え渡り、しかし同時に心はかつてないほど穏やかに凪《な》いでいる。

〈空〉を体現したような得も言われぬ心持ちで、周囲を見渡す。

極楽浄土を思わせる、明るく温かな情景の中に、私は命の恵みを認めた。

食料だ。

まるで私に居場所を知らせるように、それは淡い輝きを放っている。本来であれば輝くはずもないそれは、己《おの》が命で周囲を照らす。そして私はそんな光景を、何の違和感もなく当然のものとして受け入れている。

然《しか》るべき世界の理。

やはりこれは――仏の導きに相違ない。

両手を合わせ、この世界に深い感謝を捧《ささ》げてから――私はそれに手を伸ばした。

I

昨日いっぱい降り続いた激しい風雨から一転し、その日は朝から台風一過と呼ぶに相応《ふさわ》しい快晴であった。

早朝、仕事場である伽藍堂《がらんどう》へ向かう道すがら、空洞淵《うろぶち》は澄み切った空気を肺一杯に取り込む。森と土の匂《にお》いが、微《かす》かな湿気をはらんでいる。

ふと空を見上げると雲一つない群青色《ぐんじょういろ》の天蓋《てんがい》には、一点の染《し》みのような太陽が寂しげに浮かんでいた。

立秋を過ぎても激しい日差しは和らぐ気配を見せず、近頃はすっかりと気が滅入《めい》ってしまっていたが、今日ばかりは非常に清々《すがすが》しい心持ちだ。

大雨の影響で、地面は泥濘《ぬかる》み大変歩きにくいが、そんなことさえ些事《さじ》に思えるほど気分がよい。

上機嫌に歩みを進めていたところで、不意に道端に蹲《うずくま》っている人影が目に入る。

何事かと空洞淵は慌《あわ》てて駆け寄る。

「どうかしましたか?」

驚かせないよう努めて穏やかに声を掛けると、人影はゆっくりと顔を上げた。その姿を一目見た瞬間、空洞淵は逆に驚いて言葉を失ってしまう。

意外なことに、それは年若い——尼僧《にそう》だった。

墨染の法衣を纏《まと》い、頭には純白の頭巾《ずきん》。肌の露出を極端に抑えた装《よそお》いだ。頭巾からは顔だけが小さく覗《のぞ》いている。化粧気は一切見られないが、つるりとした白い肌と薄桃色の唇は麗《うるわ》しく、どこか艶然《えんぜん》とした色気を感じてしまう。口元を飾る小さなほくろが、またその印象を加速させている。年の頃は二十五、六というところか。色恋に疎《うと》い空洞淵でさえ、近くにいるだけで鼓動が速くなってしまう。そんなあまりにも魅惑的な女性だった。

空洞淵はすぐに我に返って再び尋ねる。

「——驚かせてしまって申し訳ありません。僕はこの先の薬処で薬師《くすし》をやっている、空洞淵霧瑚《きりこ》というものです。もしお加減が優れないようでしたら、お助けしたいのですが如何《いかが》しましょう？」

尼僧は虚を衝かれたように目を丸くして空洞淵を見やってから、痛みを堪えるように顔をしかめた。

「……お心遣い誠に感謝申し上げます。拙僧は愛染《あいぜん》。仏門に入った僧にございます。酷《ひど》い頭痛と吐き気に襲われて往生致してしまった次第でございまして……」

頭痛と吐き気。熱中症の可能性もあるが、もっと酷いと脳血管疾患などの重症も考えられる。本来であれば、あまり動かすべきではなかったが……この場にいしも対応できることはないと判断し、空洞淵はそっと肩に手を添える。

「とにかく、移動しましょう。この先に僕の店があるのですが、少しだけ歩けますか？」

「……はい、何とか」

空洞淵に支えられてふらふらと立ち上がる尼僧——愛染。介助のために手を握ると、この暑さにもかかわらず、血が通っていないようにすっかり冷え切っていた。

所謂《いわゆる》、厥冷《けつれい》という状態。早く対処してあげたほうがよさそうだ。

かたじけなく存じます、と至極恐縮した様子の愛染を伴い、伽藍堂までやって来る。

椥《くるみ》はまだ来ていない。相手が女性ということもあり、できれば介助は椥にお願いしたいところだったが、今はそれどころではない。仕方がないので、店の奥の衝立《ついたて》で仕切られた場所まで愛染を案内して布団《ふとん》に横たえる。

改めて脈を診る。相変わらず手は冷たく、それを示すように脈も沈んで遅い。

「頭痛と吐き気は突然来たのですか？」

「いえ……今朝起きたときからでございます」痛みが続いているのか顔をしかめながら愛染は答える。「元々頭痛持ちで、特に雨の前後は体調を崩しやすくしておりました。しかしながら、拙僧は仏道を往《ゆ》く修行の身。体調不良程度で寝ていられる身分ではございませんゆえ、いつものように修行に出たのでございますが……。その途中で耐えがたい頭痛に襲われ、治まるまで蹲っていた次第でございます」

「なるほど。では、まず先に頭痛があり、吐き気は頭痛に伴って起きている感じなのですね」

「まさしく。吐き気と申しましても、何かを戻してしまうことはほとんどございません。ただ、胃の腑《ふ》が意味もなく痙攣《けいれん》を繰り返すばかりで……」

吐き気、ということで悪阻《つわり》も疑ったが、この感じだとおそらく無関係だろう。万が一おなかに子どもがいた場合、薬の選択が母体だけでなく子どもにまで影響を及ぼす可能性があるため、女性の患者を見たらまず妊娠を考慮に入れるのが近代医療の鉄則だが、今回その心配はしなくてよさそうだ。

話を聞いて大体の状態はわかった。空洞淵は愛染を元気づけるように力強く頷《うなず》いた。

「さぞおつらかったことでしょう。お察しします。すぐに薬を煎《せん》じて参りますので、少しこちらで横になって休んでいてください」

かたじけなく存じます、という力ない愛染の声を背中に、空洞淵は早速調剤に取り掛かる。いつものように頭の中では、『傷寒雑病論《しょうかんざつびょうろん》』の記述を思い浮かべる。

乾嘔吐涎沫頭痛者呉茱萸湯主之

これは『傷寒論』の『厥陰病脈証併治《けつちんびようみやくしようへいち》』に記された呉茱萸湯《ごしゆゆとう》という処方に関する記述だ。空嘔《からえ》吐《ず》きと頭痛のある者には呉茱萸湯がよい、ということが記されている。

厥陰病とは、寒と熱が絡《から》み合い、陰の気と陽の気が上手《うま》く交わらなくなってしまう状態だ。陰の気と陽の気が交わらないまま完全に分かれてしまうと、人は死ぬ。さすがにそこまでに至ることは珍しいとはいえ、重症度はかなり高い。

寒と熱が絡み合ってしまう原因は様々だが、呉茱萸湯証の場合は、胃に寒《ひ》えがあるために起こる。

呉茱萸湯は、古方の中では飛び抜けて辛く、苦い。だがその分強烈に胃を温めるので、頭痛や吐き気だけでなく、しゃっくりなどにも応用されることがある。

手早く調剤をして、早速煎じていく。すぐに店内に独特の香りが充満する。浅めに煮出す半夏厚朴湯《はんげこうぼくとう》などの気剤とは異なり、呉茱萸湯はしっかりと深く煮出す。その分、煎液は濃厚になり飲みにくいが、効き目のキレがいいため空洞淵も頭痛のときに重宝している。

煎じている途中で、梛が現れた。

「おはようございます、師匠。本日もよろしくお願いします」

「おはよう。今日もよろしくね。もう患者さんが来てるから、ひとまず予製してもらえるかな」

「――わかりました、お任せください」

すぐに状況を察したように声を落として、椈は自分の作業に取り掛かった。それからしばらくして薬が煎じ終わったので、小ぶりな湯飲みに移して愛染の元へ運ぶ。

「……起きておられますか？」

目を瞑《つむ》り、作りもののような綺麗《きれい》な顔のまま微動だにしない愛染に声を掛ける。愛染はゆっくりと目を開けた。

「起きております。日の光が頭に響くもので、瞑想《めいそう》しておりました」

「そうでしたか。薬をお持ちしましたが、身体《からだ》を起こせますか？」

「はい……何とか」

身体を起こそうとする愛染の背中に手を添えて介助する。肉感的、という表現が果たして今どき正しいのかわからなかったが、細身ながらも肉付きのよい身体をしており、その手のことに慣れていない空洞淵では、軽く触れるだけでもどぎまぎしてしまう。

過酷な修行をしているのであれば、もっと痩《や》せ衰えている気はするが……あるいはこの抜群の体形を維持できているのもまた修行の成果なのかもしれない、と詮《せん》ないことを考える。

氷のように冷え切った彼女の手に温かい湯飲みを握らせる。

「かなり飲みにくいですが、頑張って飲みきってください。味わうと心が折れるかもしれないので、できれば一気に流し込むように」

「……わかりました」

覚悟を決めたように、愛染は湯飲みに口を付ける。それから眉《まゆ》を顰《ひそ》めながらもどうにか一気に飲みきった。

「──名状しがたい味ですね。辛くて苦くて、それでいてほのかに甘い……。如何《いか》にも良薬といった印象でございます。ですが……決して嫌いな味ではございません」

「それはよかったです。また横になって少し休んでいってください。じきに頭痛も吐き気も治まって、手も温かくなってくるはずですから」

「何から何まで本当に恐れ入ります。それでは、お言葉に甘えまして……」

再び双眸《そうぼう》を閉じる愛染。空洞淵は、彼女の身体に薄手の布団を掛けてから、邪魔をしないよう離れた。

ちょうどそのとき新たな患者がやって来た。空洞淵はすぐに気持ちを切り替えて対応していく。

いつもどおり、ゆっくりと話を聞きながら診察をして、薬を渡す。そして感謝の言葉とともに患者が店を出て行ったところで――。

のっそりと衝立の向こうから、小柄な人影が顔を覗かせた。

「――空洞淵先生」

「もう起き上がって大丈夫なのですか？」

驚いて声を掛けると、愛染はとても嬉《うれ》しそうに微笑《ほほえ》んだ。

「ええ、信じられないほどにすっかりと治まりました。これが神効というものなのですね。いやはや……お見それいたしました」

板の間に正座をすると、指を突いて深々とお辞儀をする。

「どうかお気になさらず」気安く答えて頭を上げさせる。「ともあれ、元気になられて僕も嬉しいです」

「何と慈悲深い……。拙僧もその姿勢、見習わねばなりませんね」

懐《ふところ》から数珠《じゆず》を取り出して祈り始める愛染。いつか知り合いの生臭坊主《なまぐさぼうず》、釈迦堂悟《しやかどうさとる》にも同じようなことをされた記憶が蘇《よみがえ》り、空洞淵は慌てて話題を変える。

「それより……。先ほどお出しした薬は呉茱萸湯という胃の冷えを取るものになります。頭痛が治まったということは、やはり冷えが原因だったのだと思うのですが……

夏場にあそこまで酷い冷えは僕も初めて診ました。失礼ですが、普段どのような生活をされているのでしょう？」

「どのような、とおっしゃいましても……。修行以外に特別なことは何も」

困ったように眉を顰める愛染。

「今朝も体調不良は修行が足りない証《あかし》と思い、日の出まえから日課の滝行に耽《ふけ》っていたくらいで――」

「た、滝行……？」

予想外の言葉につい頓狂《とんきょう》な声を上げてしまう空洞淵。夏とはいえ、日の出まえから滝に打たれ続けるような日々を送っていたら、それは冷えも拗《こじ》れるというものだ。

「日の出まえというのは……具体的にはいつ頃からでしょう……？」

「今朝起きたのが丑三《うしみ》つ時で……それからざっと三刻《とき》の間は滝行をしておりました」

「…………」

さすがに絶句する。丑三つ時が午前二時頃。そこから三刻――つまり六時間ほど滝に打たれていたというのは、もはや人の行いではない。というか、怪異でさえそんな無茶な真似《まね》はしないだろう。

空洞淵は、この妖艶《ようえん》な尼僧が急に恐ろしいものに思えてくる。

「……おそらくその滝行が頭痛の一因かと思います。その、失礼かもしれませんが、あなたは細身でおられるので、決して冷えに強いわけではありません。下手をすると命に関わる危険もありますから、あまり無茶な修行は控えていただきたいというのが、薬師としての正直なところです」

「まあ、何とお優しい……！」

驚いたように目を丸くする愛染。続けて菩薩《ぼさつ》のように穏やかに微笑む。

「しかしながら拙僧も仏門に入った身。安寧なる日々を送れるとは思っておりません。拙僧の望みは、悟入に至ることと衆生《しゅじょう》の救済。それ以外はすべて些末事ですので……」

「ごにゅう？」

聞き慣れない言葉で漢字が思い浮かばない。愛染は嫌な顔一つせずに答える。

「所謂〈悟り〉です。完全なる悟りとでも申しましょうか」

悟りを得ること。それは仏教における到達点だ。

自らの肉体を酷使しなければ、悟りを得られないのだとしたら……それを否定することは彼女の信仰を否定することにも繋《つな》がる。どのようにすれば悟りを得られるのかも知らない仏教素人《しろうと》の空洞淵があまり口を出すべきことではないのだろうが……。

ただそれはそれとして、修行によって彼女が動けなくなるほどの頭痛に苦しむのだとしたら……医療従事者として見て見ぬ振りはできない。それはある種、空洞淵にとっての信仰にも等しい願いなればこそ――。

「……わかりました。部外者が差し出がましいことを言って申し訳ありません。しかし、ならばせめて、動けなくなるほどの体調不良に見舞われた際には、僕を頼っていただけませんか。必ず何とかしてみせますから」

胸に手を添え、どうか心に響きますようにと祈りながら空洞淵は続ける。

「それに少しでも体調が回復すれば、その分早く修行に戻れます。あなたの望みとも合致するはず。つまり……あなたの修行の手助けがしたいのです。あなたが衆生の救済を望むように、僕もあなたを救いたい。どうか、お願いします」

真《ま》っ直《す》ぐに尼僧の澄んだ瞳《ひとみ》を見つめて告げる。困ったような表情を浮かべる愛染だったが、やがて諦《あきら》めたようにため息を零《こぼ》す。

「――拙僧のような卑賤《ひせん》な求道者の身には過ぎたお言葉ですが、その真摯《しんし》なご提案を無下にすれば正業《しょうごう》に反することにもなりましょう。空洞淵先生さえよろしければ、今後とも何とぞよろしくお願い申し上げます」

再び床に指を突いて深々と頭を下げる愛染。どこまで頼ってもらえるかは未知数だが、何もしないよりはましであると信じたい。

それから頭を上げた愛染は、どこか満足げに続ける。

「それにしても――。不肖の弟子やうちの女中から先生のお話は度々聞いておりましたが、噂《うわさ》に違《たが》わぬ大人物でいらっしゃいますね。つくづく感服いたしました」

「その若さで、お弟子さんがいらっしゃるのですか？」

驚く空洞淵。知り合いの法師である釈迦堂など、三十を目前に控えていながら酷い生臭坊主で、弟弟子にも舐《な》められているというのに。

愛染は、上機嫌に「若いだなんて、先生もお上手でございますね」とコロコロ笑う。

しかし、すぐに笑うのを止《や》めると、真剣な表情を浮かべ直した。

「……失礼ですが、ひょっとして気づいておられたのではないのですか？」

「気づいて……？　いえ、僕は何も」

「ですがその……随分と丁寧にご対応いただいていたものですから、拙僧はてっきり……」

そういえば、修行僧ということもあり、無意識に対応や言葉遣いに敬意が滲《にじ》み出ていた。無神論者であるがゆえに、敬虔《けいけん》な宗教家には条件反射のように尊敬の念を抱いてしまうのかもしれない。

「無知で申しわけありません。失礼ですが……あなたはどちらのお寺のお坊様でいらっしゃるのでしょう？」

今さらにはなってしまったが、極めて基本的なことを確認する。空洞淵が知っているのは、極楽街の外れにある泰雑寺《たいぞうじ》という古い寺だけだ。知人の釈迦堂がそこで世話になっている。泰雑寺に愛染のような若い女性がいるという話は聞いたことがないので、きっと別の寺なのだろうと勝手に思っていたのだが……。

予想に反して愛染は、「泰雑寺という古寺でございます」と答える。

空洞淵が知らない間に、新しく泰雑寺に入ったのだろうか。そういえば、ここひと月ばかり釈迦堂の姿を見ていないな、ということに思い至ったところで、愛染は姿勢を正して告げた。

「——それでは、ここで改めましてご挨拶《あいさつ》を致したく存じます。拙僧の名は菊理《くくり》愛染。金剛山が山頂にございます、泰雑寺という古い禅寺の住職をしております。端的に言ってしまえば……悟と玲衣の師でございます」

2

基本的にはあまり物事に動じない空洞淵であったが、今回ばかりは瞠目《どうもく》して言葉を失ってしまった。

釈迦堂の師匠――過去に何度か釈迦堂の口からその存在が語られていたが、話に聞く限りでは、大層恐ろしい化け物であるということだった。いつも慇懃無礼《いんぎんぶれい》で傍若無人な釈迦堂が、〈幽世《かくりよ》〉で一番恐ろしいと涙ながらに語っていたことすらもあり、できれば空洞淵としてもそんな恐ろしい人とは関わり合いになりたくないと密《ひそ》かに思っていたのだが……。

それが、まさかこれほどまでに妖艶な印象のたおやかな淑女であったとは。

元々釈迦堂は、物事を大げさに言う傾向があったが、どうやら今回もその口だったようだ、と恐ろしさの対極にいる目の前の女性を見つめる。

だが、それにしても……。釈迦堂の師匠ということは、おそらく彼よりも年上なのだと思うが、どう見ても空洞淵より年下としか思えない。厳しい修行の成果の末に若々しい容貌《ようぼう》を保っているのか、あるいは何らかの怪異なのか判断に困ってしまう。

「その……あまり見つめられては照れてしまいます」

はにかんで頬を染める愛染。慌てて空洞淵も視線を外す。

「失礼しました……！　釈迦堂さんから、何度も偉大な僧侶であると聞いていたものですから、まさかこれほどお若い方とは思わず、我が目を疑ってしまいました」

「まあ、お上手ですこと」また上機嫌にコロコロと笑う。「ちなみにあの子は、どのように言っておりましたか？　鬼婆《おにばば》などと悪態を吐《つ》いておりませんでしたか？」

「…………」

言っていた。しっかりと空洞淵も記憶している。

だが、今それを認めてしまうと釈迦堂の身に危険が及ぶような気がしたので、作り笑顔で、とんでもない、と答えた。

「――とても立派な方で心の底から尊敬していると、そう言っていました」

「まあ、本当に？　あの子も意外と可愛《かわい》らしいところがあるのですね」

幸いにして空洞淵の言葉を信じた様子だ。怪しまれないよう、話を続ける。

「他には……ああ、そういえば、激しい修行の末に新たな境地へと至り、自己改変を行われたとも聞いています」

一年ほどまえの記憶を掘り起こして空洞淵は答えた。

〈幽世〉における法則の一つである〈感染怪異〉は、一般的には人々の噂、つまり認知の数によって発生する。

ところがこの法則の例外として、修行僧などが修行によって己を徹底的に見つめ直すことで、自己を改変するほどの強烈な自己認識を獲得することがあるのだという。簡単に言い換えるならば、現実を捻《ね》じ曲げるほどの強い思い込みによって、自らの在り方を書き換える、という感じだろうか。

釈迦堂によれば彼の師匠、つまり愛染がその奇跡を果たしたということだが……。

改めて愛染を上から下まで観察してみる。

年齢不詳の妖艶さを除けば、ごく普通の人間にしか見えない。まさか苛烈《かれつ》な滝行などを日常的に行っているほど敬虔な修行僧が、若さと美貌を保つためなどという俗物的な理由で自己改変を行うとも思えないので、おそらくそれらは彼女の自前のもので、実際の自己改変はもっと別の部分なのだろう。

またじっと見つめてしまったためか、愛染は恥ずかしげに視線を外す。

「自己改変などと……あの子は大げさですね。そのような大層なものではございません。ただ拙僧は、この世界に住むすべての人々の幸福を願い、その想いを身体に宿しただけでございます。金糸雀《カナリヤ》様や綺翠《きすい》様のような特別な存在ではございませんよ」

それから愛染は居住まいを正して空洞淵を見つめた。

「拙僧もずっと悟から空洞淵先生のお話は聞いておりましたので、いつかご挨拶をと思っていたのですが……。お目に掛かれて安心いたしました」

「安心、ですか……？」

首を傾《かし》げる空洞淵に、愛染は、ええ、と嬉しそうに言った。

「さすがは、あの〈破鬼の巫女《みこ》〉様の心を射止めただけのことはございますね。空洞淵先生のような方がいらっしゃるのであれば、御巫《みかなぎ》神社の将来も約束されたようなもの。拙僧も〈幽世〉の明るい未来を確信し、日々安心して修行に励むことができます」

空洞淵と綺翠が恋仲であることは、すでに極楽街中に知れわたっていることではあるが、俗世を離れている修行僧にまで認知されているとなると、些《いささ》か気恥ずかしさを感じてしまう。

「――それに比べてうちときたら」

不意に深い深いため息を吐く愛染。何だか急に老《ふ》け込んだようにも見える。

「お寺で何か問題でも起きているのですか？」

「……ええまあ。これも一つの頭痛の種なのですけれども」

こめかみに指を添える愛染。あまり言いたくなさそうな様子だ。本来ならば知らぬ顔をするのが礼儀なのだろうけれども、寺には釈迦堂を始め何かと空洞淵と縁のある人物が多い。この状況で見て見ぬ振りができるほど薄情ではないので、余計なお世話と自覚しつつ尋ねる。

「よろしければ、お話を聞かせていただけないでしょうか。あるいは、何かお役に立てることもあるかもしれませんし」

ここで断られたら諦めよう、と引き際を定める空洞淵だったが、意外にも愛染は、わかりました、とあっさり提案を受け入れた。

「先ほど、空洞淵先生を頼る、とお約束いたしましたものね。早速頼らせていただきたく存じます。身内の問題とはいえ、正直これは拙僧だけでは判断に迷う案件ですので。せっかくですから、そちらの御狸様《おたぬき》もご一緒に如何でしょう?」

こちらに気を遣って隅で一人、作業を進めていた楜にも声を掛ける。一目見ただけで楜が人ではなく化け狸の根源怪異であると見抜いたらしい。以前綺翠が、根源怪異を見抜くことは難しいと言っていたが……やはり釈迦堂の師匠ともなるとただ者ではないということか。

楜は困ったような視線を愛染に向けてから、続けて空洞淵を見て、どうしましょう、と表情だけで問うてくる。愛染のほうから誘ってくれているのであれば、断る理由はない。

おいで、と手招きをすると、すぐに作業を中断して空洞淵の隣にちょこんと座り込んだ。その様子を微笑ましげに見つめてから、愛染は再び深いため息を吐いた。

「……実は、悟が泰雑寺《うち》から、分派独立したいなどと世迷《よま》い言を言い始めまして」

「釈迦堂さんが……独立？」

あまりにも意外な言葉に、空洞淵はつい頓狂な声を上げてしまった。

空洞淵の知る釈迦堂悟という男は、一応僧侶然とした佇《たたず》まいをしているものの、酒も煙草《たばこ》も女遊びも嗜《たしな》む生臭坊主である。とても仏門に入ったとは思えない日常を送っており、お世辞にも真面目《まじめ》とは言い難い人物であるはずだったが……。

そんな釈迦堂が、分派独立などという面倒事に手を出そうとしているとは、にわかには信じがたい。

姿を見ていないこの一ヶ月の間で、彼に何かあったのだろうか。

「……また何か、よからぬことでも考えているのでしょうか？」

状況によってはかなり失礼な物言いにはなってしまったが、事実過去に一度、釈迦堂から詐欺《さぎ》に遭いかけた空洞淵としては、彼らしからぬ動きを見たらまず悪巧《わるだく》みの可能性が過《よぎ》ってしまう。

しかし、愛染は困ったように頬に手を添えた。

「それが……どうにもそういうわけでもないようでして……。悪さをしているのであれば、仕置きの一つでもしてしまえば解決するのですが、今回に限ってはそう単純な話でもないため、困り果てているのです」

ますます要領を得ない。榾とともに首を傾げていると、愛染は神妙な顔つきで続きを語る。

「今からひと月ほどまえになりますか。近頃、悟の態度があまりにも不真面目だったものですから、無理矢理修行にやったのです」

「修行、ですか」

「はい。拙僧が修行によく利用している深山幽谷の地にあの子を連れ出して、そのまま一人で置いてきました。十日ほど過酷な環境に置いておけば、自然と態度を改めると思ったのですが……」

愛染はまた小さくため息を吐く。

「二十日経《た》っても戻ってこず、そろそろ迎えに行ったほうがよいかと心配に思い始めたところで……痩せ衰えた姿でひょっこりと戻ってきました。一見して大層苦労したであろうことが窺《うかが》えたので、これで少しは日々の修行態度も改まるでしょうと胸をなで下ろしたのですが……どうにもこれが効き過ぎてしまったようで」

「効き過ぎた？」

「ええ……。戻ってきた悟が、どこか超然とした様子で言うのです。――悟入に至った、と」

　悟入。つまり、完全な悟り。

　釈迦堂は過酷な修行の中で悟りを啓《ひら》いたということか。

「すごいじゃないですか。あまり詳しくはないのですが、悟りというものは、なかなか得られるものではないのでしょう？」

「おっしゃるとおりです。悟入は得ようと思って得られるものではありません。事実、生涯を賭《と》して修行しても、悟入に至れるものはほんの一握りであると言われています。当然、拙僧も未《いま》だその域には至っておりません」

　釈迦堂の師であり、厳しい修行で身体を酷使し続けている愛染でさえも悟りを啓いていないとなると、急に釈迦堂の主張が胡散臭《うさんくさ》く思えてくる。日々を自堕落に送っている釈迦堂が、たかだか十日や二十日の修行で啓けるほど、悟りの境地は簡単なものではないはずだ。

「……失礼ですが、本当に悟りを啓いているのでしょうか？　彼のこれまでの態度を見ていると、どうにも信じがたいのですが」

　そこで愛染は、まさに、と重々しく頷いた。

「拙僧が頭を悩ませているのがそこでして……。実は厳しい修行をしていると、悟入に至った、と錯覚することがままあるのです」

「……ままあるのですか？」

「はい。ですが、それは当然、本物の悟入ではありません。この偽りの悟入は、〈生《なま》悟《ざと》り〉と呼ばれます」

〈生悟り〉。初めて聞く言葉だったが、そういう言葉が修行者の間に浸透している以上、確かにそれはしばしば起こることなのだろう。

「初めて〈生悟り〉を得た者は、あたかも真に悟入に至ったと誤解してしまうものなので、悟がそのような状態になるのも無理からぬことではあるのですが……。問題は、あの子がそれを〈生悟り〉であると決して認めないことです」

「率直な疑問なのですが……自身の悟りが偽りである、というのは、いったいどのようにして気づくものなのでしょうか？」

「それもまた難しいのですが……とにかくまずは疑うことです。我らが禅宗の基本は、座禅による自己の追究なのですが、この修行に最も必要なことは自身に対して謙虚であることとです。多くの修行者が、生涯を賭しても至れない悟入に、自分のような若輩者が果たして本当に至れたのか……。あくまでも謙虚に、自己を見返すこと——それこそが修行の要《かなめ》となります。自身の悟入を疑うのはとてもつらいことですが、それもまた真なる悟入を得るために必要な行程です。そして、それから先も何度となく〈生悟り〉を経験し、その果てにようやく真の悟りを啓くことができると、そう伝え聞いております」

過酷な修行だ、と他人事《ひとごと》ながら空洞淵は感心してしまう。

つらい思いをしてようやく手にしたものを容赦なく捨て去って、また当《あ》て所《ど》もない修行を続けなければならない――。

まるで賽《さい》の河原のようで、いっそ気の毒にすら思えてくる。もちろん、そんな同情心は修行者に対して失礼なのだろうけれども……空洞淵には決してできない生き方に、どうしようもなく複雑な感情を抱いてしまう。

――だが、今の主題はそこにはないので、空洞淵は余計な思考を隅に追いやって話を進める。

「つまり釈迦堂さんは、〈生悟り〉を疑う、という重要な行程を辿《たど》ることなく、自身の悟入を確信してしまっている状態なのですね？」

「おっしゃるとおり。さらに厄介なのは、その人が真に悟入に至っているか否《いな》かを、外部からはほとんど判断できない、ということです。本人が〈生悟り〉と疑わない限り、それは本人にとって紛れもなく真の悟入になってしまいます。……〈生悟り〉を真の悟入と思い込んでしまうことほど、不幸なことはありません」

悲しげに目を伏せる愛染。ただ、空洞淵は少しだけ今の発言が引っ掛かった。

「ほとんど判断できない、ということは、判断する方法が全くない、というわけではないのですか？」

「ええ、まあ……」愛染は曖昧《あいまい》に頷いた。「禅の修行の一つに公案、と呼ばれるものがあります。所謂、禅問答ですね。これは師の質問に弟子が答える、謎《なぞ》掛けのようなものです。我々はあまり公案を重要視していないのですが……あるいは公案を根気よく続ければ、悟入を判断できる可能性はあるのかもしれません。しかしながら、あの子は元より口だけは達者なので、正直公案によって本質的なことが判断できるとも思えません」

そもさん、説破《せっぱ》、という禅問答のやりとりを空洞淵も〈現世《うつしょ》〉で見たことがあったけれども……頭の回転の速さは判断できても、これではその人の悟りが偽りか否かを判断することは難しい気がした。

つまり現状、どうにかして本人にそれが〈生悟り〉であると認識してもらう以外に、思い込みを解く方法はないということか。

「分派独立という話は、釈迦堂さんが悟入に至ったから、ということなのでしょうか？」

「そのようですね。確かに、あの子が真に悟入に至っているのであれば、未だ悟入に至っていない拙僧から学ぶことなどないでしょうから、独立したい、という気持ちも理解できるのですが……」

苦悩に満ちた様子で顔を歪《ゆが》ませる愛染。話を聞く限りなかなか難しい問題であるように思える。

釈迦堂が、本当に悟りを啓いているのだとしたら何も問題ないけれども……その可能性が著しく低い以上、中途半端《はんぱ》な状態で独立させても泰雑寺の評判を落としかねないのだから、責任ある立場の愛染としては、彼の提案を承服しかねるはずだ。

「ならばいっそ、その悟りは偽りのものなのだから、独立など認めないと突っぱねてしまえばよいのでは？　たとえ本人が〈生悟り〉を認めなかったとしても、独立のほうを愛染様が認めなければ、これ以上問題が拡大することはないように思うのですが」

「それはそうなのですが……」愛染は煮え切らない様子で続ける。「たとえ〈生悟り〉だったとしても、あの不真面目な悟が曲がりなりにも真剣に修行に臨んだ結果至ったものであることに変わりはありません。やっと真面目に修行に向き合うようになったというのに……その出鼻を挫《くじ》くような真似は、師としても正直したくはありません」

「……なるほど」

空洞淵もつい渋い顔で同意してしまう。

偽りの悟りであったとしても、袈裟《けさ》を着ているだけの自由人たる釈迦堂がそれなりに真っ当に修行と向き合ったからこそ至れたのは紛れもない事実だ。そのささやかな成功体験を今頭ごなしに否定するのは、これまでの不真面目な彼の行いに苦労していた愛染としては気が引けてしまうのだろう。下手な対応を取れば、この先ますます釈迦堂が不真面目になってしまう恐れすらあるのだから。

どうも空洞淵が最初に考えていたより、ずっと厄介な問題のようだ。

「ですので今は、玲衣《れい》や楠姫《くすひめ》と共にとにかく考えを改めるよう説得している次第なのです」

玲衣は釈迦堂の弟弟子で、楠姫というのは寺に住み着いている妖狐《ようこ》だ。〈幽世〉の三大神獣の一つにも数えられる強大な根源怪異だが、故あって今は寺の中でのんびりと暮らしている。

どちらかといえば玲衣も楠姫も飄々《ひょうひょう》とした性格をしているが、その二人まで説得に加わるというのは、よほど状況が切羽詰まっているように見受けられる。

釈迦堂は何かにつけ、寺の面々のことをくさしていたが、何だかんだ言ってちゃんと身内として愛されているようだ。

これは寺の問題なので部外者の空洞淵が立ち入るべきではない、とは思いつつも、釈迦堂とは知らない仲ではないし、何か問題が起こってからいつものように彼に泣きつかれてもそれはそれで面倒だと、小さくため息を吐く。

「あの、愛染様。もしよろしければ、僕からも釈迦堂さんを説得してみましょうか？　愛染様の言うことも聞かない彼が、僕の話をどこまで聞いてくれるかは定かじゃありませんが……もしかしたら彼を説得する何らかの手掛かりが得られるかもしれませんし」

愛染は驚いて目を丸くする。

「それは願ってもないご提案ですが……空洞淵先生もお忙しいのでは……？」

「最近優秀な弟子ができたので、それほど忙しくないんです」

空洞淵は側にちょこんと座っていた樹を手で示す。急に水を向けられたために背筋を伸ばしてから、樹は照れたように口元を緩めた。

事実、樹が調剤を手伝ってくれるようになってから、空洞淵の作業量はかなり減っている。さすがにまだ半減とまではいかなかったが、それでも他人様の面倒事に首を突っ込むくらいの余裕はある。

大丈夫だよね？　と視線だけで尋ねると、槲は自信ありげに頷いた。

「師匠の留守中は、この槲めにお任せを！　ですので師匠は、どうか気兼ねなくお出かけください！」

槲の許可を得て愛染は色めき立って身を乗り出す。

「それではお願いいたしたく存じます……！　空洞淵先生の天眼通《てんげんつう》が如《ごと》きお知恵を、是非ともお借りできませんか……！」

あまり期待をされてもどうにかできる自信はなかったが、いずれにせよとにかくまずは釈迦堂と話をしてみないことには何も始まらない。

どこまでお役に立てるかわかりませんが、と念押しの断りを入れてから、空洞淵は重たい腰を上げた。

3

愛染たちが籍を置く禅寺――泰雑寺は、極楽街から東に位置する金剛山の山頂にある。

標高自体は決して高くはないものの、人の手がほとんど入っていないこともあり草木が生い茂って大層険しく、空洞淵のような軟弱な現代人では山頂まで辿り着くだけでも一苦労であるが……そんな歩くだけでも困難な山道を、愛染は身軽に登っていく。

まだ残暑も厳しい季節ではあったが、彼女は汗一つ流していない。すでに肩で息をしながら大汗を掻《か》いている空洞淵と比較するまでもなく、超人的な体力を持っているようだ。

這々《ほうほう》の体《てい》でどうにか山門まで登った空洞淵は、その場で膝《ひざ》に手を突いて呼吸を整える。

「その……空洞淵先生、大丈夫ですか……？」

心配そうに顔を覗き込んでくる愛染に、大丈夫です、と愛想笑いを返す。本当は今にも倒れそうだったが、どうにか腹式呼吸を繰り返して耐える。

ようやく落ち着いてきたところで姿勢を改め、愛染と並んで山門を潜《くぐ》る。

「こちらが本堂になります」

山門から真っ直ぐ続く参道の先に、本堂は静寂に包まれて佇んでいた。

重厚感のある鈍色《にびいろ》の瓦《かわら》屋根の古めかしい建物。曲線的な装飾が至るところに施されており、決して華美ではないが品があり落ち着いた雰囲気を醸《かも》している。近くの竹林からサワサワと流れてくる涼やかな風が何とも心地よく、心が洗われるようだった。

歴史を感じさせる苔生《こけむ》した灯籠《とうろう》が並ぶ入口を抜けて本堂の中へ入る。お香とい草の香りに包まれながら歩みを進めると――本尊たる仏像と向き合う形で、静かに座禅を組んでいる男の後ろ姿が見えた。

くすんだ輝きを放つ本尊に見守られる男に歩み寄って行く。

「――っ」

声を掛けようとして、思わず息を呑《の》んだ。

薄暗い堂内。

黒い法衣に濃紫《こむらさき》の袈裟《けさ》を身に着け、静かに結跏趺坐《けっかふざ》していたのは、紛れもなく知人である釈迦堂悟だったのだが……その容貌は空洞淵のよく知る釈迦堂とはかけ離れていた。

ごっそりと肉がこそぎ落とされたような痩せ衰えた身体。頬がこけ、無精髭《ぶしょうひげ》が生えた様はまるで別人で、そのような衰弱した肉体であるにもかかわらず、背筋を伸ばして座禅を続ける姿はいっそ荘厳《そうごん》にすら見える。

大切な修行の邪魔になるのでは、と、声を掛けることすら躊躇《ためら》ってしまう。

しかし、すぐに人の気配を察したのか、閉じていた双眸をゆっくりと開く。驚くほどギラついた瞳が現れた。逆光になり見えにくいはずなのに、釈迦堂は穏やかに言う。

「――これはこれは空洞淵様。ご無沙汰《ぶさた》しております」

落ち窪《くぼ》んだ眼窩《がんか》から空洞淵を見上げると、釈迦堂は目を細めた古拙《アルカイック・スマイル》の微笑を浮かべた。

不気味としか言いようがない。

「……その、久しぶりだね」

半分困惑しながらも、空洞淵は釈迦堂の前に正座して視線を合わせた。近づくとよりその変貌ぶりに戸惑う。痩せてしまっただけでなく、顔色も悪く、肌の張りや潤《うるお》いも失われて皮膚は土のような質感になってしまっている。ただ、明らかに不健康な状態であるにもかかわらず、その眼だけが妙に自信に満ちあふれていて、ひょっとしたら本当に悟りを啓いたのではないかとさえ思ってしまう。

「少し話がしたいんだけど……修行の邪魔だったら出直すよ」

「いえ、お気遣いには及びません」すべてを見通すような大らかな口調で釈迦堂は言う。「ここではなんですので、場所を変えましょうか」

こちらへどうぞ、と釈迦堂は立ち上がって歩き出す。空洞淵は愛染と顔を見合わせてから、彼の後に続く。

本堂の裏手の縁側まで移動する。

目の前には立派な竹林が広がっていた。優しい笹擦《ささず》れが涼しげな風によって運ばれてきて、早くも秋の気配を感じさせる。

空洞淵たちは縁側に腰を下ろした。

「その……しばらく顔を見なかったけど、修行に出ていたんだってね。随分痩せてしまっているように見えるけど……体調は大丈夫？」

「お心遣い感謝いたします、空洞淵様」両手を合わせて一礼する釈迦堂。「生きる上で不要な肉をそぎ落としたのです。むしろこれまでにないほど清々しい毎日です」

「……それならいいんだけど」

本当は全くよくなかったが、本人がいいというのだからこれ以上深くは突っ込めない。

「それにしても」釈迦堂は竹林に視線を向けて目を細める。「今日はいつもよりも日差しが強うございますね」

「……？　そう、かな」

竹林は日陰だったし、特別直射日光が強いようにも思えず空洞淵は首を傾げてしまう。すっかり口調まで変わってしまってどうにもやりにくいが、それでも空洞淵は懸命に話を進める。

「悟りを、啓いたんだって？」

「はい」

自信に満ちた声で釈迦堂は答えた。

「師匠に険しい深山幽谷へ連れて行かれたときにはどうなることかと思いましたが……無事にこうして悟入に至ることができました。今では師匠に感謝しております」

再び両手を合わせ、今度は愛染に向かって頭を下げる。愛染は困った様子で、作りもののように整った顔を歪めた。

「――悟。今一度独立の件を考え直しませんか。拙僧では、役に立たないかもしれませんが、それでも悟のこれからの修行を支えられるよう努めますので……」

「いえ、これ以上師匠の元にご厄介になるわけには参りません」

愛染の提案を固辞するように軽く片手を上げ、釈迦堂はゆっくりと首を振った。

「悟入に至ったならば、師の元を離れ、仏の教えを説いて回ることこそが弟子の務めでございます。それに私がいては、師匠の修行の妨げにもなりましょう」

「ですが、悟が独立してしまっては、玲衣も楠姫も悲しみます」

「出会いがあれば別れもある——それもまた人の世の理《ことわり》でございます。玲衣や楠姫との別れは寂しく思いますが、仏門に入った者ならば個人の感情よりも優先すべきことがありましょう。なに、今生《こんじょう》の別れというわけでもございません。会おうと思えばいつでも会えるのですから、どうかここは快く送り出していただければと思っております」

何とも言えない微笑を浮かべて、釈迦堂は再び合掌して頭を垂れた。

ああ言えばこう言う。まさに取り付く島もない、といった様子で、これは説得に骨が折れそうだ。

困ったように視線をくれる愛染。空洞淵は軽く頷いて見せた。とにかく今は説得の取っ掛かりを摑《つか》むためにも、情報を集めるしかない。

「もしよかったら、悟りを啓いたときのことを少し話してくれないかな。ほら、悟りを啓いたということは、釈迦さんも偉大な僧侶として今後語り継がれていくわけで……。是非とも僕をその伝説の語り部の一人に加えてほしいんだ」

自分で言いながら、何故《なぜ》ここまでこの男のために下手に出なければならないのかと首を傾げそうになったが、乗りかかった舟なのだから仕方がない。事実、愛染も困り果てているので、どうにかここは耐える必要がある。

釈迦堂は考え込むように、ふむ、と呟《つぶや》いて無精髭の生えた顎《あご》を摩《さす》るがすぐに、わかりました、と大仰に頷いた。

「これも悟入した者の務めでしょう。願わくば、師匠を始め一人でも多くの方が悟りの深奥《しんおう》に至れますよう、微力ながら私も協力させていただきたく存じます」

大変回りくどいが、要は話してくれるということらしい。

あれは今からひと月ほどまえのことになります——と、釈迦堂は語り始めた。

「酒を飲み、泥酔《でいすい》して寺へ戻ったところ、師匠に大目玉を喰らいまして……。近頃のおまえは弛《たる》んでいる、とお叱りを受け、私は無理矢理どこぞの山奥に連れ去られました」

この温厚な愛染が怒ったということは相当腹に据えかねたはずで、釈迦堂には欠片《かけら》も同情心が湧いてこなかったが、空洞淵は黙って耳を傾ける。

「一人置いて行かれた私は、どうにかして街へ戻ろうと足掻《あが》きましたが、食べるものもない中、まだ夏も真っ盛りの灼熱《しゃくねつ》地獄ですぐにバテてしまいまして……。幸いにして水だけは豊富にあったので干からびることはありませんでしたが……せめて少しでも体力を温存するため、昼は木陰で座禅を組み、夜のうちに食べるものを求めて少しずつ移動していくことでどうにか生き存《なが》らえていました」

よくそれで生き存えたな、と他人事のように感心してしまう。元から体力があったおかげだろうとは思うが、死んでいてもおかしくない状況ではある。少なくとも空洞淵ならまず間違いなくそのまま死んでいたことだろう。

「ところが食料はほとんど見つからず、暑さもあって私はどんどん衰弱していきました。一日で移動できる距離も減り、代わりに座禅の時間が増えていきます。やがて一日のほとんどを座禅に費やすようになり、少しずつ変化が現れてきました。私がこれまで行ってきたことは、座禅ではなくただ座って目を瞑っていただけなのだと気づいたのです。真の座禅とは、これほどまでに心穏やかになるものなのかと、恥ずかしながらそのときにしてようやく気づいたのでございます」

座禅の経験がない空洞淵には、その主張の真偽が判断できない。ちらと愛染を見ると、彼女は曖昧に頷《うなず》いて見せた。おそらくある程度は信頼できる体験なのだろう。

「……でも、いくら餓《う》えを座禅で耐えたとしても、食べるものがなければ、人は死ぬ気がするんだけど」

「――まさしく。空洞淵様のおっしゃるとおりでございます。禅に打ち込んだところで、餓えは癒《い》えません。やがて私は、意識が朦朧《もうろう》としてきて、満足に動くことも叶《かな》わなくなりました」

情感たっぷりに、釈迦堂は続ける。

「ついには座禅を組むことすらままならなくなり、私は地面に倒れました。さすがの私も死を覚悟し、走馬灯のようにこれまでの愚かな行いを振り返って深く反省しました。もっと師匠の言うことをちゃんと聞いておけばよかった。もしも無事に生きて帰れたならば、今度こそ真面目に仏門に生きようと仏に祈ったところで――突然、私の中で何かが変わりました」

ようやく本題に入りそうで、空洞淵も前のめりになる。

「不意に世界の広がりを感じて、私は閉じていた目を開きました。すると――世界に輝きが満ちていたのです」

「輝き？」

「はい。時刻は丑三つ時くらいでしょうか。その日はささやかな月明かりしかなかったはずなのに――私には、まるで昼間のように世界が明るく感じられたのです。今際《いまわ》の際《きわ》に見る幻かと疑いましたが、同時にそれが当然のことのようにも思えて……何とも不思議な心持ちでございました。そして私は、その明るさの中で周囲に視線を巡らせて……それに気づきました」

釈迦堂は、どこか恍惚《こうこつ》とした表情で言う。

「椎茸が光っていたのです」

「椎茸《しいたけ》が……光っていた？」

　あまりにも予想外の言葉に、空洞淵はただおうむ返しをしてしまう。悟入したと自称する法師は、はい、と頷いた。

「それも一つではありません。数え切れないほど、たくさんの椎茸が淡い光を放っていたのです。それはまるでお釈迦様が、ここに食べ物があると教えてくださっているようでした。私は最後の力を振り絞って周囲の椎茸をかき集め、それから慌《あわ》てて火を熾《おこ》しました。いくら空腹でも、自然に生えている椎茸を生で食べる勇気はありませんから」

　それを言ったら、いくら空腹であっても空洞淵ならば、謎の光る椎茸を食べようとは思わない。仮にそれが毒きのこだった場合、熱処理したところで毒性に大きな違いはないからだ。

「串《くし》に刺して椎茸を焼いて食べたのですが……まあ、これが美味《うま》いこと。空腹は最高の調味料などと言いますが、まさにそれですね。貪《むさぼ》るように食べて、私はどうにか飢えを脱しました。そして……重要なのはここからです」

　釈迦堂の語りはますます熱を帯びていく。

「飢えを満たした幸福感に酔いしれながら、私は横になっていたのですが……食後まもなく、これまでに感じたことのない胸の高鳴りを覚え、飛び跳ねるように身体《からだ》を起こしました。それから全身が熱を持ったかと思うと……突然激しい嘔気《はきけ》と腹痛に襲われ、食べたものをすべて吐き戻してしまいました。特に吐き気は今まで体験したことがないほど激しいもので、やはり私は死を迎える運命なのかと諦めの境地に達したまさにそのとき――私の目の前に、七色の後光が射《さ》したお釈迦様が現れたのです。そしてお釈迦様は私に微笑み掛けられ、そっと手を伸ばされました。御手に触れられた瞬間、私の不調は嘘《うそ》のように取り除かれ、その不思議な温かさに得も言われぬ安心感を覚えていたら唐突に――私は悟入に至ったのです」

そこで釈迦堂は再び目を閉じて合掌する。七色の後光が射したお釈迦様というのは、明らかに真っ当な存在ではなさそうだが……いずれにせよ、そのときに釈迦堂は悟りを啓いた、と認識したのは確からしい。

「それから私は、またしばらく座禅を組んで解脱《げだつ》の楽しみを味わい、つい先日極楽街へ戻ってきた次第です」

大まかな流れは理解できたが、肝心の部分がまだよくわからない。

「愛染様の話だと、悟りは簡単には得られなくて、悟りを得た、と思ってもほとんどの場合が偽《にせ》の悟りらしいけど……。釈迦さんはどうしてそれが本物の悟りだとわかったの?」

「それが真の悟りであったからです」

自信たっぷりに釈迦堂は答えた。

「真の悟りは、真の悟りであるがゆえに真の悟りなのです。いわゆる〈生悟り〉とは、比べるまでもなく全く異なります。私が得たものが真の悟りであることの証明は、それで十分でしょう」

何を言っているのかよくわからない。

「ええと……つまり釈迦さんがそれを真の悟りだ、と理解したのだからそれ以上の証明は不要、ということかな」

「然《しか》り。〈生悟り〉であれば疑う余地もあるでしょうが、真の悟りならばただそれを受け入れる他ないでしょう?」

空洞淵は思わず黙り込む。

ただの屁《へ》理屈ではあるのだが、一概に誤りとも言い切れず対応に困ってしまう。疑問を突き詰めていった結果、最終的に疑いようのない、ただ受け入れるしかない真理に辿り着くということは、数学や論理学においてはままある。

もちろん、果たして本当にすべての疑問を解消できるほど突き詰められたのか、という根本的な命題は残るが、悟りは主観的なものである以上、第三者の空洞淵たちに彼の悟りの真偽を判断することはできない。

愛染からこの話を聞いた時点でわかっていたことではあるが……今の状態の釈迦堂を説得して、考えを改めさせるのはとても難しそうだ。

根拠なく自身を肯定してしまっている人間ほど、タチの悪いものはない。

攻めるならば、彼の悟りの真偽ではなく、その〈悟り〉に至るまでの神秘体験のほうだろう。彼の経験した様々な神秘が、神秘ではないことを説明できれば、あるいは彼も考えを改めるかもしれないが……。

空洞淵なりに仮説はあったが、それはそれでまた別の問題もはらんでいたので今は胸の内に留めておく。

——となると、これ以上の情報収集も難しそうなので、今は引くのが吉か。

一旦《いったん》神妙に頷いて見せて、空洞淵は話を切り上げる。

「……よくわかったよ。色々聞かせてくれてありがとう、釈迦さん」

「いえ、とんでもないことでございます。私のほうこそ、拙《つたな》い話を聞いていただいてありがたく存じます」

「僕はこれから、釈迦さんが悟入に至った経緯を広めていくことにするんだけど……ただ、独立のほうはもう少しだけ待ってほしいんだ」

「というと？」

意外そうに首を傾げる釈迦堂。空洞淵はどうにか言葉を選んで告げる。

「できれば僕は、釈迦さんが〈幽世〉一番の高僧として多くの人々に敬われてほしいと願ってる。でも、そのためにはもっと下準備が色々必要だと思うんだ。今は時期尚早というか、独立しても釈迦さんの偉業を知らしめる土壌ができあがっていない。釈迦さんほどの男の伝説をより多くの人に知ってもらうためには、もう少しだけ時期を見計らって、より劇的な演出をする必要があるんじゃないかな」

釈迦堂は目を丸くして話を聞いてから、確かに、と呟いた。

「空洞淵様のおっしゃることにも一理ございますね。では、今しばらく様子を見ることにしましょう」

空洞淵はほっと胸をなで下ろす。釈迦堂が恐るべき俗物で助かった。というか、現世利益《りやく》を優先している時点で絶対に悟りを啓けていないと思うのだけど……本人に矛盾している自覚はないのだろうか。

何だかまた厄介なことに首を突っ込んでしまったと早くも後悔しながら、空洞淵は釈迦堂と愛染に別れを告げて、寺を後にした。

4

「――釈迦堂さんが悟りを啓いたのですって？」

その日の夕食時。

いつものように御巫神社の母屋《おもや》で食卓を囲んでいたところ、家主にして空洞淵の恋人でもある御巫綺翠が、不意にそんなことを言った。

わざわざ綺翠に報告するほどでもないと思って黙っていた空洞淵は、嫌な予感を覚えて食事の手を止めた。

「ひょっとして……なんか変な噂になってる？」

恐る恐る確認すると、綺翠は、事もなげにええ、と答える。

「氏子の方から聞いたのだけど……何でも、悟りを啓いてすっかり様子が変わってしまったのだとか」

確かに、あれだけ容姿や性格が一変していたら、何事かと街で噂になっても仕方がない。

「悟りを啓いた、というのは見た人の予想？」

「いえ、変わり果てた姿を見て、気に掛けた人が本人からそう聞いたみたい」

もしかして釈迦堂は自分で悟りの件を喧伝《けんでん》して回っているのか。些か面倒なことになってきたと内心でため息を吐いて、空洞淵は今日あったことを簡単に説明する。

静かに話を聞いていた綺翠は、最後に妹巫女の穂澄に注いでもらった冷酒を呷《あお》り、ほう、と熱っぽい息を漏らす。

「なかなか不思議な話ね。その〈生悟り〉というものが、どういうものなのか私は専門ではないのでよくわからないけれども……。修行者の人は、そういう神秘体験をよくするものなのかしら」

「綺翠や穂澄も、巫女になるときそういう修行をしたんじゃないの？」

巫女姉妹は一度顔を見合わせ、仲よく共に首を傾げた。

「滝行くらいなら、今でもたまにするけれども……少なくとも私は、七色の後光が射したお釈迦様は見たことないわね」

「私もないかなあ」穂澄も同意を示す。「冬の滝行は、さむーい！ってなってたまに目の前がチカチカしてくるけど、変なものは私も見たことないよ」

実際に修行をした二人の意見はかなり信憑《しんぴょう》性が高い。少なくとも滝行くらいでは、幻覚の類《たぐい》を見る可能性は低そうだ。

あくまで空洞淵の想像でしかないが、極度のストレス環境下で多量の脳内麻薬が分《ぶん》泌《ぴつ》された結果、〈生悟り〉を誘発させるような幻覚を見てしまうのだろう。釈迦堂が、誰もいない山の中でしていたことといえば、餓えと暑さに耐えながら座禅を組んでいたことくらいなので……幻覚を見てしまうほどの脳内麻薬が分泌されたとは少し考えにくい。もっとも、ストレスの感じ方は人によって異なるため、釈迦堂がそれを必要以上の苦行と捉えていた可能性までは否定できないのだけれども。

確か仏教の開祖であるお釈迦様も、過酷な修行と断食《だんじき》によって生死の境を彷徨《さまよ》っていたところ、たまたま出会った娘に施された乳粥《ちちがゆ》を食べたおかげで悟りを啓いたはずだ。

過酷な修行で飢えていた釈迦堂が、光る椎茸を食べて悟りを啓いた、という話は、その逸話と重なる部分があり、何となくそれなりの信憑性をもって受け入れてしまいそうになる。お釈迦様が釈迦堂のために椎茸を光らせて場所を伝えた、という神秘体験も納得を後押ししている。

しかしながら、状況的に見て空洞淵はもっと別の可能性を検討している。

「――空洞淵くんには、何か考えがありそうね」

空洞淵の心中を見透かしたように綺翠が意味深な微笑《ほほえ》みを向けてきた。勘のいい綺翠のことだ、空洞淵が別のことを考えていることくらいお見通しなのだろう。

頭の中の考えをまとめるために一呼吸置いてから、空洞淵は語り出す。

「あくまでも現時点での僕の個人的な感想でしかないけど……やっぱり釈迦さんが本物の悟りを啓いたとは思えないんだ」

「つまり、愛染様の言うところの〈生悟り〉という状態ね。でも、そう考えた根拠は？」

「理由は色々あるけど……一番はやっぱり、彼の神秘体験が、神秘体験ではないと考えても説明できるからかな」

空洞淵は一旦箸《はし》を置いて、お茶を啜《すす》る。

「でも、椎茸が光ってたんでしょう？　お釈迦様が、釈迦堂さんのためにここだよ、って教えてくれてたとしか思えないけど」

穂澄の疑問はもっともだ。空洞淵は、そうだね、と続ける。

「多分だけど、釈迦さんが見たのは椎茸じゃないんだ」

「椎茸じゃない？」

「おそらく――ツキヨタケだよ」

ツキヨタケ。

ハラタケ目ツキヨタケ科に属するきのこの一種だ。

「漢字では、月の夜の茸と書くんだけど……このきのこの最大の特徴は、読んで字の如く光ることなんだ」

「きのこが、光るの？」

意外そうな声を上げる綺翠。確かに直感的には、きのこが光ると言われてもピンとこないだろう。

「かさの裏側のひだの部分に発光成分が含まれていてね。実際に見たことがあるわけじゃないけど、結構綺麗に青白く光るみたいだよ。ちなみに形が椎茸や平茸に似ていることからよく間違って摂食されるんだけど……問題なのはこのツキヨタケ、毒きのこなんだ」

綺翠は顔をしかめた。

「……まさか、釈迦堂さんは毒きのこを食べてしまったために幻覚を見たの？」

「確証はないけど、そう考えても現状に矛盾がないのは確かだね。ツキヨタケを食べると嘔吐《おうと》、下痢、腹痛という典型症状が出るほか、視界が青くなるというかなり特異的な幻覚を見ることも知られている。視界が明るくなったあとで光る椎茸を見た、と言っていたけど、おそらく毒きのこの中毒症状で前後の記憶が曖昧になっているんだと思う」

「じゃあ、釈迦堂さんは毒きのこを食べた影響で、悟りを啓いたって勘違いしちゃったってこと？」

話をまとめる穂澄。空洞淵は曖昧に頷いた。

「常識的に考えれば、そういうことになるね。つまり、釈迦さんの身に起きたことは、お釈迦様が授けてくださった神秘体験ではない可能性が高い、と判断できる。もちろん、本当に悟りを啓いた可能性も否定はできないけど」

「少し含みのある言い方ね」綺翠は姿勢を改めた。「まだ何か気掛かりがあるの？」

綺翠には懸念《けねん》も見抜かれているようだ。空洞淵は、うん、と続ける。

「……もしも釈迦さんがツキヨタケを食べて、悟りを啓いたように錯覚する幻覚を見たとすると、引っ掛かることが出てくるんだ」

空洞淵はまたお茶を啜る。

「ツキヨタケを椎茸と誤認して摂食してしまうというのは、十分にあり得ることだけど……ただ満腹になるほどそれを食べたのなら、今頃釈迦さんは生きてないよ」

ツキヨタケの主な毒成分はイルジンSという物質である。これはとても毒性が高く、その誘導体が抗がん剤として利用できるのではと研究が進められているほどだ。ツキヨタケ一本を食べただけでも、かなり重篤《じゅうとく》な中毒症状を発症するのに、それをたらふく食べたとなったら逆に生きているほうが不思議だ。なお、ツキヨタケは焼いても毒性がなくならない。

つまり、現状釈迦堂が生きていることこそが、この仮説の否定材料の一つになっている。

「もちろん毒きのこはその産地によって毒性が大きく変化するから、〈幽世〉のツキヨタケが、たまたま毒性が極めて低いものだった可能性は十分に考えられるけど……。ただ気掛かりはもう一つあって、ツキヨタケの中毒症状は主に嘔吐と下痢、それと腹痛で、動悸《どうき》はないはずなんだ。でも、釈迦さんは確かに胸の高鳴りを感じていたようだし……正直、毒きのこ説だけでは現状を正確に説明できるとは言い難いね」

動悸と聞いてまず思い浮かぶのは、強心配糖体《きょうしんはいとうたい》の中毒症状だが、少なくとも空洞淵は強心配糖体を含む毒きのこに心当たりがない。強心配糖体といえば、ジギタリスなどの植物に多く含まれている印象が強い。

興味深そうに話を聞いていた綺翠は、口元に手を添えてなるほど、と呟いた。

「では、毒きのこが原因で、悟りを啓いた幻覚を見た、という方向で釈迦堂さんを説得するのは難しいということね」

「そういうことになるね。でも、どうにかして早く釈迦さんを説得しないと……変な感染怪異が生まれそうで心配だよ」

空洞淵は食事を再開しながら答える。綺翠によれば、街では釈迦堂が悟りを啓いたという噂《うわさ》が広がりつつあるということなので、このまま放っておいたら絶対に今以上に厄介なことになる。

「でもさあ」

美味《おい》しそうにがんもどきの煮物を口に運びながら、穂澄が暢気《のんき》に言った。

「噂が広まって感染怪異が生まれるとしても、それは〈悟りを啓いた釈迦堂さん〉って内容の感染怪異だよね？　もしも釈迦堂さんが本当に悟りを啓いているのなら何も変わらないし、仮に今の釈迦堂さんの悟りが偽物《にせもの》なのだとしてもそれが本物に変わるだけだから、それはそれでいいことなんじゃない？」

「…………」

言われてみればそのとおりだ。釈迦堂の今の悟りが本物であろうが偽物であろうが、最終的にそれが本物になって彼が真っ当な僧侶《そうりょ》として生きていけるのであれば、それはある意味平和な結末と言える。そうなれば少なくとも彼が、今後詐欺紛《まが》いの小銭稼ぎをすることはなくなるわけで……。

愛染は、〈生悟り〉を真の悟入と思い込んでしまうことほど不幸なことはない、と言っていたけれども……そのあたりの感覚も、素人《しろうと》の空洞淵にはよくわからない。

だんだん空洞淵は、何が正しいのかよくわからなくなってきてしまう。

「とにかく愛染様ともう一度よく話し合ったほうがいいかもしれないわね」

綺翠は手酌で盃《さかずき》に冷酒を注ぐ。

「もし妙な感染怪異が生まれてしまったら、すぐに祓《はら》うのでいつでも連絡してください、と伝えてもらえるかしら。あの方の境遇には私も思うところがあるし……できる限り協力してあげたいから」

「境遇？」

「私も愛染様も——街の人から必要以上に畏《おそ》れられているから」

そう言って、この話はもうおしまいとばかりに綺翠は盃を一息に呷った。

少し気になる言葉だったが……それ以上話す気もなさそうだったので空洞淵は追及を諦《あきら》める。

いずれにせよ最終手段にはなるが、綺翠の協力が取り付けられたのは大きい。

空洞淵はありがとう、と心からの感謝を告げてみそ汁を啜った。

普段よりも少しだけ味が濃い気がした。

5

その翌日。

いつものように伽藍堂で仕事をしていたら、再び愛染がやって来た。

たまたま午前中の仕事が一段落して、昼休みにしようかと思っていたところだったので、空洞淵は店先に休憩中の札を出してから、店内で愛染の話を聞く。

「何か動きがありましたか？」

空洞淵の質問に、愛染は頭に被《かぶ》った純白の頭巾《ずきん》を揺らして困ったように答えた。

「それが……悟が独立のために弟子を取りたい、などと言って街へ出掛けてしまって……」

「えぇ……」

呆《あき》れて思わず声が漏れる。昨日、独立は少し待つよう伝えたはずなのに、いったいどういう了見なのか。

「近頃あの子が、街へ出掛けては、仏の教えを広めるという大義名分のもと、自身が悟入に至ったことを喧伝して回っていることはご存じでしょうか？」

「はい、聞き及んでいます。街ではよからぬ噂も流れているようで、早く対処したほうがいいと僕も気になっているのですが……」

「……まさに拙僧が懸念しているのもそこでして」

目に見えて対応に苦慮している様子の愛染。空洞淵は、御巫姉妹と話した毒きのこによる幻覚説を愛染に伝える。驚いたように話を聞いていた法師は、最後に感心して唸《うな》る。

「――実に見事なご見識でございます。てっきり拙僧は、悟が過酷な修行の末に〈生悟り〉に至ったものと考えておりましたが、そうだとすると今の状態は〈生悟り〉ですらないことになります。もしそのような状態で〈鬼人〉となって、悟が噂どおり悟入に至ってしまったら……あの子のためになりません」

「やはり……悟ってもいないのに、感染怪異によって無理矢理〈悟った〉ことにされるのはよくありませんか」

昨夜の懸念が見事に突き刺さる。

「よくない、というよりは、危険とさえ言っていいかもしれません」

愛染は神妙な面持ちで続ける。

「悟った、悟っていないというのは、あくまで主観的な話でしかありません。それが自らの体験によって生まれたものであれ、感染怪異などの外的な要因によって生まれたものであれ、そう大差はないでしょう。しかし……個人の考えは別です。真に悟りを得た者は、当然その思考もまた悟りに順応したものになるでしょうが、外的な要因によって悟りを得た者は、思考までは順応しきれません。悟入による叡智《えいち》と、自身の思考との決して埋めることのできない溝に、絶望さえしてしまうかもしれません。さらに、周囲の人々の評価も悟りを得た偉大な僧侶という身の丈に合わぬ高いものに変わるため、迂闊《うかつ》な発言から人々を予期せず不幸にしてしまうこともあるでしょう」

「……つまり、真の悟りを得ていないものが、付け焼き刃の悟りを得たところで、誰も得をしないと？」

「おっしゃるとおり。ですので拙僧は、今このときも悟が市井《しせい》の方々にご迷惑をお掛けしているのではないかと気が気ではなくて……」

ならばこれ以上余計なことをするまえに、釈迦堂を止める必要がありそうだが……さりとて彼を止める手段は今のところまだ思いついていない。

考えてみれば、これは〈現世《うつしよ》〉でも同じようなものかもしれない。

客観的に考えたら明らかに間違っていることであっても、それを実行している本人が正しいと思い込んでいる場合、その行いを第三者が止めることは極めて困難だ。まして本人が他人の意見を聞き入れない状態であれば、それを止めることなど実質的にほぼ不可能と言いきってもいい。

　悪質なデマや陰謀論に傾倒する人間が現実社会で途絶えないのと、状況は似ている。ただ、釈迦堂は数少ない空洞淵の知人の一人ではあるので、できれば状況が悪化して決定的に引き返せなくなるまえに、どうにか止めてやりたいとは思う。

　実に面倒なことに巻き込まれた、という思いはどうしても拭《ぬぐ》い去れなかったが……。

「……それで、どうして弟子を取るなどと言い始めたのですか？　昨日はしばらく機を窺《うかが》うという話になったはずなのに」

「それはそうなのですが……」愛染は申し訳なさそうに続ける。「夜になったら、やはり独立の準備は進めておかなければならない、と考えを改めたようで、朝一で街へ出掛けて行ってしまいました……。心配になってこっそり後を付けてみたら、往来の真ん中で説法など始める始末で……」

　相変わらず気まぐれな男だ、と内心で呆れる。

「そもそも何故彼は、それほどまでに独立を望んでいるのですか？　別に泰雑寺に籍を置いたままでも、仏様の教えを説いて回ることは十分に可能だと思うのですが」

「さあ……拙僧にはわかりかねます。しかし、元から独立志向はあったようで、これまでも何度か独立したいと言っていましたね。まあ、未熟者が何を言っているのかと一喝してそれまででしたが……。たぶん、あの子にとって拙僧は、小煩《こうるさ》い鬼婆《おにばば》でしかないのでしょう」

どこか寂しそうに目を伏せる愛染。確かに釈迦堂の性格を思えば、そういう見方をしている部分がないとは言いがたいけれども……ただ、本当に疎《うと》ましく思っているのであれば、さっさと寺から逃げ出しているような気もする。

そう考えてみると、あれだけ法師に相応《ふさわ》しくない生活を続けながら、これまでずっと寺に籍を置き続けていたのもよくわからない。

自由人だ、と一方的に評価していたが、こうして改めて思い返してみると、意外と釈迦堂は自分の内心を語らない秘密主義なのだと気づく。

空洞淵自身が彼のことをこれまで詳しく知ろうとしなかったというのも、その原因の一つなのかもしれないが……いずれにせよそのせいで問題がややこしくなってしまっているのは困りものだ。

今後はもう少し人間関係を深掘りしていかなければ、と決意を新たにしつつ今は目の前の問題に集中する。

「——とにかくこれ以上彼が余計なことをするまえに、止めに行きましょう」

店番を楜に任せて、空洞淵は愛染とともに目抜き通りを目指す。

まだ残暑の厳しい中、汗ばみながら早足で進んでいくとやがて大通りの真ん中に人《ひと》集《だか》りが見えてきた。何だか途轍《とてつ》もなく嫌な予感がする。空洞淵と愛染は、顔を見合わせてから無言で急ぐ。

人集りの中心で、どこから持ってきたのか一段高い台の上に立った釈迦堂は、目を細めた古拙《こせつ》の微笑で何かを語っていた。

「——禅とはすなわち、心の所作なのです。座禅を組むことも大切ではありますが、日々の営みもまた、立派な禅の修行となります」

どうやら禅についての説法を行っているようだ。そこで聴衆の男性から声が上がる。

「だけど、本当は和尚《おしょう》様みたいに厳しい修行をしないといけないんだろう？」

和尚様、というのはおそらく愛染のことだろう。どうやらその和尚様がすぐ側にいることにまだ気づいていないようだ。

釈迦堂はゆるゆると首を振った。

「我らが宗派には、〈只管打坐《しかんたざ》〉という言葉がございます。これは、ただひたすらに座禅を行う、という意味です。その言葉どおり、基本的には座禅によって悟入を目指しますので、本来我々は、滝行や断食などの厳しい修行は行いません。我が師は、衆《しゅ》生《じょう》の苦しみを自身で引き受けることによって悟入を目指しているために、日々過酷な修行に打ち込んでいるに過ぎません。私自身、確かに過酷な修行によって悟入に至りましたが、それを自らの弟子に強要するつもりはありませんので、どうかご安心ください」

　本来は厳しい修行が必要ない、という話は初めて聞いたので、戸惑いながら愛染を窺うと、彼女は上目遣いを向けながら気まずげに頷いた。本当のことらしい。

「しかしながら、ただひたすらに座禅を組む、というのもなかなか難しいところです。出家していない皆様ならば日々の営みがございますし、のんびり座禅を組む時間を取ることも難しいかもしれません。ですが、我らの宗派であればそれも問題にはなりません。先ほども申し上げたとおり、日々の営みもまた修行の一環と捉《とら》えるので、無理なく入門できます。とにかく最も大切なことは、〈仏性《ぶっしょう》〉を見出《みいだ》すことです。座禅はその手段の一つに過ぎません。〈仏性〉――つまりすべての存在が生まれながら己の中に持つ仏となる可能性を見出すことで、人は悟入を果たし、この世のすべての苦しみから解放されます。そのとき皆様は、世界の真なる眩《まぶ》しさに目覚めるのです」

　釈迦堂は例の目を細めた不気味な笑みを浮かべて語る。薄く覗《のぞ》く双眸《そうぼう》は異様なまでにギラついており、それがまた妙な説得力を生んでいる。

すぐ隣で渋面を浮かべている愛染に小声で尋ねてみる。

「――釈迦堂さんの言っていることは、教義としては正しいのですか？」

「ええ……まあ、概《おおむ》ね」愛染は苦々しげに答えた。「あの子に教義を仕込んだのは拙僧でございますからね……。不肖の弟子がそれを声高に語っているのを見ると、些《いささ》か申し訳ない気持ちになってしまいます。……拙僧もまだまだ修行が足りませんね」

まあ、本質を捉えているわけでもないのに、自分の弟子が偉そうに街中で説法を語っていたら、高僧と言えど大抵の人は苛立《いらだ》ちを覚えるだろう。愛染に罪はない。

人集りから釈迦堂への質問が飛ぶ。

「苦しみを克服するつったって……別にそもそもそんなに苦しんでないんだが」

「苦しみを感じておられないのは素晴らしいことです」薄い微笑みを絶やさないまま釈迦堂は続ける。「しかし、禅の修行は日々の苦しみを克服するためだけのものではありません。禅により自己の本質をより深く理解することで、観察力や判断力が養われ、より快適な生活を送ることができます。また他者に対する共感や理解も深まるため、人間関係もより円滑なものとなることでしょう。つまり、日々の生活の中に禅を取り入れることで、今よりさらに豊かで充実した人生を送れるようになるのです」

何だか段々と雲行きが怪しくなってきたような気もする。まるで意識の高い大学生に向けた自己啓発だ。愛染に釣られるように空洞淵も顔をしかめてしまう。

「判断力が養われるってことは、商売ももっと上手《うま》くいくのかい?」

小太りの中年の女性が声を上げた。この近所で乾物を商っている店の女将《おかみ》さんだ。空洞淵も何度か買い物をしたことがあった。

釈迦堂はこれ見よがしに頷いた。

「まさしく。商売繁盛《はんじょう》、家内安全、安産祈願とあらゆることに御利益がございます。さあ、皆様! 今ならば悟りを啓《ひら》いたわたくしが、皆様の師となり真なる悟入へお導きいたします! ともに禅の深奥を目指しましょう! 禅を極めた者は、すなわち人生の勝者なのです!」

力強く断言して拳《こぶし》を掲げる釈迦堂。周囲からはおおっ、と感嘆の声が溢《あふ》れた。

愛染は頭を抱えた。

「……また頭が痛くなって参りました」

空洞淵は心から同情した。御利益を求めることは、禅の本質とはほど遠いことだし、人生の勝者などと言っている時点で悟りの境地とも全く異なる地平にいる。

だが、今この場でそれを否定してみせたところで、言葉巧みにのらりくらりと躱《かわ》されてしまうことは目に見えているし、欲に目が眩《くら》んだ人々の認知を正せるとも思えない。

基本的に人間とは、自分が信じたいものを信じる生き物なのである。

あまりにも分が悪そうだったので、ここは誰かに気づかれるまえに引いておくのが吉だろう。

「——伽藍堂へ戻りましょうか。お薬を処方します」

「……お願いいたします」

小声で言い合い、二人はその場から逃げるように去って行った。

6

「あ、先生、お帰りー」

「これはこれは空洞淵様。お待ち申しておりました」

伽藍堂へ戻ると、中では意外な人が待っていた。作務衣を着た可愛《かわい》らしい顔立ちの少年と、着物に西洋ふうのエプロンドレスを合わせた白髪《はくはつ》の美女——。

泰雑寺に身を置く玲衣と、寺に住む妖狐《ようこ》、楠姫であった。

　空洞淵は戸惑いながらも、ただいま、と告げて框《かまち》を上がる。続けて店内に入った愛染は僅《わず》かに困惑したように眉《まゆ》を顰《ひそ》めた。

「……玲衣はともかく楠姫まで。いったい何事ですか」

「和尚様、此方《こなた》らも悟様のことが心配なのでございます」

　楠姫は、どこか芝居掛かった様子で不安げに袖《そで》で口元を覆《おお》った。

「和尚様が空洞淵様の元へお出掛けになったので、居ても立ってもいられず、此方らもお寺を飛び出してしまったのでございます。どうか玲衣様をお叱《しか》りにならないでくださいまし」

「元より玲衣を叱るつもりはありませんが……」そこで諦めたように愛染はため息を吐《つ》く。「……まあ、いいでしょう。悟のことが気になっているのは事実でしょうし、今回だけは大目に見ましょう」

「さすがは和尚様。素晴らしき慈悲でございます」

　嬉《うれ》しそうに両手を合わせる楠姫。彼女は故《ゆえ》あって、基本的に寺から出られないことになっているのだが、今はその件を問い詰めたところで意味がないと判断したのだろう。

　気を利《き》かせた榭が淹《い》れたものか、神妙な顔でお茶を啜ってから玲衣が口を挟む。

「それよりお師匠様。兄弟子はどんな感じだったの？　本気で独立するつもり？」

「……決心は固いようですね」

頭痛が悪化したのか、こめかみのあたりに触れながら愛染は答えた。

空洞淵は彼女たちの話を聞きながら、愛染の薬を調剤する。

「こうなったらもう、お師匠様が力尽くで独立を阻止するしかないんじゃない？」

「それも一つの手かもしれませんが……」逡巡《しゅんじゅん》を見せて愛染は続ける。「むしろいっそこのまま、あの子の独立を認めてあげたほうがいいかもしれないとも思い始めています」

急な心変わりに驚く空洞淵。同じように玲衣も驚きと不満の声を上げる。

「ええっ！　だって、兄弟子の悟りは〈生悟り〉なんでしょ？」

「そうですね、それは間違いないと思います。ですが……そもそも悟入していなければ、独立してはならないというわけでもありません。悟が独立をしたいというのであれば、こちらの都合で引き留めるのもあの子のためにならないような気がしてきて……」

「でも、和尚様」

妖狐は、不思議そうに小首を傾《かし》げた。

「悟様は、悟入していないばかりか、これまでろくに修行もしてこられませんでした。そのような状態で独立させてしまうのは、悟様にも、また悟様の弟子となった方々にとっても不幸なことなのではございませんか？」

「人が不幸か否《いな》かを、他者が決めてはなりません。もちろん、拙僧の弟子でいる間は、正しい心で正しい修行を行うことこそがあの子にとっての幸せであると信じて指導を行いますが……。拙僧の元を離れていってしまったら、あとは自由です。仮に何か過《あやま》ちを起こしたとしても……それもまた人生の一幕、大切な修行です」

「……まあ、少なくとも悟様に関して言ってしまえば、泰雑寺で修行を続けるよりも、独立して自由気ままに修行を続けるほうが、性に合っているかもしれませんね」

「そんな……！　お師匠様も楠姫姐《ねえ》さんも冷たいよ！」

玲衣は悲しげに言う。彼が釈迦堂の弟弟子になってちょうど一年くらいだろうか。その間で随分と懐《なつ》いたようだが……確かに釈迦堂はあれでなかなか憎めない性格をしているため、玲衣が懐くのも頷ける。空洞淵も色々迷惑を掛けられてはいるものの、決して彼のことを嫌っているわけではない。

あれだけ好き放題やっていても、何となく許されてしまうというのは、もはや一つの才能だろう。

空洞淵は調剤した処方を鍋《なべ》に入れて煎《せん》じ始めながら会話に入る。

「そういえば、根本的な部分をまだ伺っていなかったのですが……。そもそも釈迦堂さんはどうして泰雑寺に入門されたのですか？　こう言ってはなんですが、とても大人しく誰かの下で学ぼうという殊勝な心掛けをしているようには見えないのですが」

さすがに師である愛染の前で言うことはないが、出会ったときから法師である意味がわからない男ではあった。怒っているわけではないが、出会い頭に金を巻き上げられそうになったことを未《いま》だに少し根に持っている。

愛染は楠姫と一度顔を見合わせ、それから何とも気まずげに答えた。

「……まあ、ここまで巻き込んでしまったのです。空洞淵先生ももはや身内のようなものですから、特別にお話ししましょう。他言無用でお願いいたします」

それから愛染は僅《わず》かに声を落として語り始めた。

「悟は、五つのときにこちらへ預けられました。遠い地にある〈隠れ里〉の名家の長男として生を受けたようですが……忌《い》み子として蔑《さげす》まれていたようで、預けると言ってもほとんど勘当のような状態でした」

忌み子。望まれなかった、呪《のろ》われた子ども。

あまりにも非科学的だが、古い慣習の多く残るこの世界、特に外界との接触を積極的に持たない隠れ里であれば、決して珍しいものではないのかもしれない。

ちなみに隠れ里とは、極楽街から離れた場所に存在する集落の総称だ。

空洞淵は慎重に続きを促す。

「……それはまたどうして？」

「あの子が生まれつき、祓い屋としての力を持っていたためです」

言われてはたと思い出す。忘れがちではあるが、釈迦堂は一応極楽街に三名しかいない祓い屋の一人なのだった。

「特別な力を持って生まれたあの子が不気味だったようで、隠れ里から追放されたそうです。五歳の子どもが親の庇護《ひご》を失っては当然生きていけません。おそらくあの子の親に当たる者は、そのまま野垂れ死にすることを望んだのでしょうが……それを不憫《ふびん》に思った奉公人の方が、こっそりあの子を連れて金糸雀様の元まで相談に来たのです。そして金糸雀様が、拙僧にお声掛けくださいまして、預かることになったのでございます」

「――――」

空洞淵は言葉を失い黙り込む。

まさかあの釈迦堂にそんなつらい過去があったなんて想像もしていなかった。人に歴史ありとは言うが、現在の彼の破滅的な性格は、もしかしたら過去の体験によって形成されたものかもしれない。そう思うと、もう少し優しく接してあげてもいいかもしれない、という気持ちになってくる。

「悟、という名を付けたのは拙僧でございます。このつらい経験を乗り越えて、いつか悟りを啓いてほしいという思いを込めて授けました」

愛染は懐かしそうに優しい顔で目を細めた。

「うちへ来たばかりの悟は、それはそれは気落ちした様子で満足に食事も摂《と》れないような状態でした。当時は弟子を取っていなかったので、あの子には年の近い話し相手もおりませんでした。拙僧は楠姫と二人で、慣れない子育てのように恐る恐る悟と接していきました」

「大変懐かしゅうございますね。あの頃の悟様は本当にもう食べてしまいたいくらい愛らしい男の子でございました」

口元に微笑みを浮かべる楠姫。怪異である彼女の『食べてしまいたいくらい』という形容が、冗談に聞こえず空洞淵は顔をしかめそうになるが……。いずれにせよ、二人がこれほど優しげに過去を振り返るくらいなのだから、きっと本当に可愛かったのだろう。逆に、どうして今はああなってしまったのか。時間の流れは残酷としか言いようがない。

「ひと月ほどが経《た》ち、ようやく心と身体が癒えたところで、改めて拙僧の弟子として迎え入れました。あの頃は本当に大人しい性格で、拙僧の言うことに『はい』以外の返事をしたことがないほど素直でした。おまけにとても聡明《そうめい》で、お経の覚えなども目を見張るほど素晴らしく、この子は将来必ず大成するに違いないと、拙僧も期待しておりました」

本当に釈迦堂の話をしているのか、少し不安になってくる。今の彼とは正反対で、まるで狐《きつね》に摘まれているような気さえする。そういえば、すぐ横に狐もいた。やはり騙《だま》されているのかもしれない、と失礼なことを思う。

「聞き分けよく、仔犬《こいぬ》のように拙僧や楠姫の後ろをついて回る悟があまりにも可愛くて、つい拙僧も次から次へ、様々な教えを授けてしまいました。些か急に詰め込みすぎたかとも思えましたが、それでもあの子はすべてを苦もなく吸収していきました。天賦《てんぷ》の才、などという陳腐な表現はあまり使いたくありませんが……あの子には、まさしくその片鱗《へんりん》を垣間見ました」

天賦の才。今の釈迦堂からは、天と地ほども離れた言葉だ。

ますます話の真偽が疑わしくなってくる。

「悟はよく言っておりました。『いずれ私は〈仏眼《ぶつがん》〉を獲得し、お師匠様がこの世界の人々を救うための眼となります』と」

「仏眼？」

「仏様に備わっている眼で、万物を見通し一切の衆生を救うことができるものになります。実はあの子は……拙僧の元へやって来たとき、目がほとんど見えていない状態でした」

「目が……見えていなかった？」

初めて聞く話だった。少なくとも今の釈迦堂からは、そのような気配を感じたことは一度もない。

愛染は、とてもつらそうに告げる。

「……生まれた家で、この世ならざるモノを視《み》ることができると知られたときに、一度目を毒薬で潰《つぶ》されたそうです」

「――っ」

あまりのことにさすがの空洞淵も怒りが湧《わ》く。一緒に聞いていた玲衣も、酷《ひど》い、と悲しげに呟《つぶや》いた。

いくら特別な能力を持って生まれようとも、幼い我が子の目を潰すなど正気の沙汰《さた》ではない。……ただその怒りが、あくまで空洞淵の個人的なものでしかないことも十分に理解していた。きっと釈迦堂の家族は、彼らの社会の中での規範に従っただけなのだから――。

「幸いにして、成長と共に目は見えるようになってきて、今は人並みに回復しているようですが……。当時の悟は、きっととても心許《こころもと》ない日々を送っていたはずです。だからこそ、修行を通じて〈仏眼〉を得て、拙僧の手助けをしたいと頻《しき》りに言っていたのです。あまりにも健気《けなげ》で、拙僧はもうあの子が我が子のように愛《いと》おしくて堪《たま》りませんでした」

満足に世界を見ることもできない幼い弟子が、救われた恩義に報いるため、修行を頑張っていつか師匠の役に立ちたい、などと言い出したらそれは堪らない気持ちになるだろう。

「――まあ、そのようなわけで、素晴らしい弟子を持ったと、拙僧も喜ばしく思っていたのですが……」

そこまで言って、愛染の表情が急に暗くなった。

「それから何事もなく月日が経過して……あの子が十五になろうかというある日のことでした。本当に何の脈絡もなく悟は突然、それまでのすべての修行を擲《なげう》ってしまいました」

「……え、どうしてです？」

話の繫《つな》がりが見えず、間の抜けた返しをしてしまう。今の話のどこに、修行を擲つ動機があったのだろう？　師匠の目になる話はどこへ行った？

しかし愛染は、困惑としか言いようのない表情で首を横に振った。

「わかりません。まさに青天の霹靂《へきれき》という心持ちです。何か拙僧があの子のやる気を削《そ》ぐようなことをしてしまったのかと思い、どうにかして理由を聞き出そうとしましたが、暖簾《のれん》に腕押しと申しましょうか、のらりくらりとはぐらかされてしまって……」

楠姫も同調する。

「あまりにも突然のことだったので、此方も驚いてしまいました。それこそ人が変わったようで……何らかの感染怪異の影響を疑い、しばらく様子を窺っておりましたが……何事もなくただ日常の中から修行だけをさっぱり切り捨てたような有様でございました。悪い友人でもできたのかとも思いましたが……そういうわけでもなさそうで、結局理由はわからず終《じま》いでございます」

確かにある日、突然人が変わったようになる、というのは如何《いか》にも感染怪異が影響していそうだが……愛染と楠姫の二人が感染怪異ではないと判断したのであれば、それはきっと違うのだろう。

つまり釈迦堂は、それまで真面目《まじめ》に修行をしていたはずなのに、自らの意思でいきなりそれを止《や》めてしまったことになる。

いったい何故《なぜ》……、という思いと同時に、どうにも今回の独立騒動もそのあたりが関係しているような気がしてくる。

「修行を止めた、ということは俗世に戻るということでしょう？　それなのにどうして泰雑寺に籍を置き続けたのでしょうか？」

「……それもわかりません」申し訳なさそうに愛染は答える。「俗世に戻るのであればそれもよいでしょう。あの子の人生なのですから、あの子が自由に決断すればよいだけのこと。ですから拙僧は何度もあの子に、仏門から離れることを提案いたしました。拙僧に恩義など感じる必要はない。寺を出て、これからは市井《しせい》の民として生きればよいと、そう伝えたのですが……それでもあの子は頑《かたく》なに拙僧の元から去ることを拒んだのです。師の言うことなど何も聞かなくなってしまったというのに……もうどうすればよいのかもわからず、以来拙僧はもうあの子のやりたいようにやらせることにいたしました」

それが本当に正しいことだったのか、今となってはわかりませんが——と、尼僧は深いため息を吐いた。

愛染の苦悩は、空洞淵にもとてもよく理解できる。

とにかく釈迦堂の行動と決断があまりにも意味不明過ぎる。ある日を境に突然豹《ひょう》変《へん》した理由もわからなければ、それを語らない理由も想像できない。

もしかしたら、理由など初めからなく、ただ気まぐれに修行を投げ出しただけなのかもしれないけれども……それまで至って真面目だったのならばどうしても違和感は残る。

「では、独立の話は？　最初、釈迦堂さんは愛染様の元を離れる気がなかったのですよね？　いったいいつから言い出したのです？」

「半年ほどまえかと思います。新しく泰雑寺に入った玲衣も多少は一人で修行ができるようになったから、とそのとき悟が言っていたので、あるいはそれよりもまえから考えていたのかもしれませんが」

半年まえといえば、金糸雀が色々大変だった頃だろうか。あのときは、一部ではあったが結構な大騒ぎに発展していたので、あるいは何らかの心境の変化があった可能性はある……いずれにせよ確定できることは何もない。

やはり今回の騒動で一番不可解なのは、釈迦堂自身か――。

「ねえ、先生。いったいどうしたら、兄弟子が独立を諦めてくれるかな……？」

不安そうな面持ちで、玲衣が上目遣いを向けてくる。状況的に考えて、空洞淵も釈迦堂が独立しないほうが色々と丸く収まるとは思っているので、できれば玲衣たちの力になってあげたいのだけれども……策謀を巡らせるにしても決定的な情報が足りていないというのが正直なところだった。

空洞淵は頭を掻《か》いて、ため息を吐く。

「――とにかくまずは、まともに対話ができる状態までもっていかないと、文字どおり話にならない。今は、〈生悟り〉……というか、ある種の酩酊《めいてい》状態だから、こちらの言葉や思いが一切向こうには伝わっていない。どうにかしてそれを解くところから始めないと……」

「ならばやはり、和尚様の愛の拳しかないのでは？」楠姫が物騒なことを言う。「いつものようにガツンと一発お見舞いしてしまえば、さしもの悟様も話くらいは素直に聞くようになるでしょう」

「……拙僧が日常的に体罰を与えているような物言いはおやめなさい」

頭痛を堪《こら》えるように顔をしかめる愛染。

「空洞淵先生、どうか誤解なさらないでください。拙僧があの子に手を上げるのは、あの子がとても悪いことをしたときだけです」

「大丈夫です、わかっていますよ」

煎じ鍋の様子を見ながら空洞淵は答えた。この温厚な高僧が日常的に体罰を行っているなど、そんな誤解をするほうが難しいだろう。

「いずれにせよ、特別に悪いことをしているわけではない現状では、それも難しいですよね。正気を取り戻させるために、何らかの衝撃を与えるという案はよいかもしれませんが」

「でも、先生。兄弟子は実際には悟ってないのに悟った、って言って弟子を集めてるんだよ？　嘘《うそ》を吐いて弟子を集めるのは悪いことじゃない？」

玲衣の疑問に、空洞淵は首を振った。

「本人が悟った、と認識している現状では、それは嘘にはならないからね。まあ、それでも実際に悟っているわけではない以上、彼の弟子になった人は正しい教えを受けられるわけじゃないから、教義の上でその行いが真に正しいものかどうかは、素人の僕には判断できないけど」

ちらと愛染を窺うと、彼女は眉を顰めながらも、そうですね、と呟く。

「——つきつめて言えば、宗教とは誰かを救うことを目的としています。どのような経緯であれ、そしてたとえそれが本来の教義から外れるものであったとしても、その教えによって救われる者がいれば、それは立派な教えです。悟が悟入に至っていようがいまいが、それは些事《さじ》なのです。誰かが何かを信じ、その結果として救いを得ること——それこそが、信仰の本質です」

信仰の本質。

愛染が言うとさすがに説得力がある。空洞淵は無神論者だけれども、概ねその主張には賛成だった。

つまるところ、結果として誰かが救われるのであれば、それは十分に宗教として機能する。ならば、釈迦堂の教えであっても、みんなが幸せになれるのであれば、外野である空洞淵たちがとやかく言う問題ではない。

……最大の懸念は、そもそも釈迦堂の教えで、本当に救いが得られるのか、という部分だったのだけれども。

だからそれよりも空洞淵としては、釈迦堂の語った神秘体験のほうがずっと気になっていた。

合理的な説明が付けられない神秘体験——。彼の身にいったい何が起きたのか。

やはりそれを解明することが、今回の騒動を治める鍵《かぎ》になりそうだ。

空洞淵は考えをまとめながら、煎じ終えた薬を濾《こ》して、煎液《せんえき》を愛染に渡す。

何から何までありがとうございます、と愛染はまだ熱い煎液を飲み干した。これで頭痛が治まればよいのだが。

さて、これからどのようにして釈迦堂と対話をしていけばよいものか、と多少は建設的な話し合いに進もうとしたちょうどそのとき――。

「――おう、空洞の字。暇か？」

戸を開けて店に入ってきたのは、キャソックと呼ばれる教会の祭服を纏《まと》った人相の悪い男だった。如何にも不吉な様相の男で、頭に被った黒のテンガロンハットと、口の端に咥《くわ》えた紙煙草《かみたばこ》が、そのよからぬ印象を増長している。

おおよそ真っ当な職業に従事しているようには見えないが……これでも立派な教会の職員で、さらに極楽街に三名しかいない祓い屋の一人でもある。

「いらっしゃい、朱雀《すざく》さん」

慣れた調子で応対する空洞淵だったが、当の来客――朱雀院は、店内に目を向けるなり面食らった様子で帽子を脱いだ。

「……悪い、取り込み中だったか」

呟くように言ってから、朱雀院は囲炉裏の前に座る艶《あで》やかな尼僧《にそう》に頭を下げる。

「――和尚様、ご無沙汰しております。お話の途中でお邪魔をしてしまって申し訳ありません」

普段、ぶっきらぼうな口調で喋《しゃべ》ることの多い朱雀院だったが、目上の人に対しては極めて礼儀正しい振る舞いを見せるという意外な一面がある。人は見かけによらない。

「これは朱雀院様、お久しぶりでございます」愛染は柔らかな笑みで応《こた》えた。「お気遣いいただきありがとうございます。空洞淵先生にご用があっていらしたのでしょう？　どうか我々のことはお気になさらないでください」

「そうは、言われましても……」

気まずげに空洞淵に視線を向ける朱雀院。ただ暇つぶしに顔を出しただけ、という感じではなさそうだ。どちらかといえば、愛染たちの耳に入れるべきか悩んでいる、といった様子か。

どうしたものか、と空洞淵は一瞬悩むが、おそらく愛染もその程度の心情は見越した上で気にするなと言っているのだろうと判断し、視線だけで朱雀院に先を促す。

逡巡を見せながらも、朱雀院は渋い顔で囲炉裏の前に腰を下ろす。

「……いや、本当に大したことじゃないかもしれないが、最近釈迦の字の様子がおかしいのは空洞の字も知ってるだろう？」

　店内に泰雑寺の面々が勢揃《せいぞろ》いしているのだから、話が通っているに違いないと考えたのだろう。空洞淵は頷《うなず》いた。

「釈迦さんが悟りを啓いた件だよね」

「ああ。和尚様の前で言うのも何だが、あの生臭坊主《なまぐさぼうず》が悟りを啓くなんて悪質な冗談だろうと思って、少し気に掛けてたんだけどよ……。今日、ここへ来るまえ、目抜き通りのほうで人を集めて説法しているのを見掛けたんだ」

「何か弟子を集めてるらしいね。僕らもさっき覗いてきたよ」

　それなら話が早い、と朱雀院は続ける。

「俺もちょいと気になって様子を窺ってたんだけどよ。そうしたら釈迦の字の奴《やっ》、何か突然、近くの民家から鍋を借りて炊《た》き出しみたいなことを始めてな」

「炊き出し？」

　説法をしていたのではないのか。

「まあ、何を考えてるのかはわからないけど、炊き出し自体はそれほど悪いことじゃないんじゃないかな……？」

「炊き出し自体はな。それは俺も概ね同意見だけどよ……」朱雀院は何とも言えない顔で口を曲げる。「ただそれが、霊験あらたかな〈きのこ汁〉だってのが引っ掛かってな」

きのこ汁。空洞淵は途轍もなく嫌な予感に襲われた。

「釈迦の字が言うには、仏様が授けてくださったきのこで、このきのこ汁を飲めば、誰でもたちまちに悟りを啓けるとか何とか……。言ってることも胡散臭《うさんくさ》いが、それよりきのこ汁ってのが少し心配でな。俺ぁ昔、山で見つけた松茸《まつたけ》を喜び勇んで食ったらそいつが毒きのこで、三日三晩苦しみ抜いた経験があってな。そのせいで、きのこってやつを全般的に信用してないんだ。特に素人が拾ってきたきのこなんて、頼まれたって食いたくねえ。……だもんだから、毒きのこにも詳しそうな空洞の字にも一応報告しておこうと思って――」

朱雀院が皆まで言い終わるまえに、空洞淵と愛染は勢いよく立ち上がった。

驚いた様子で目を丸くする朱雀院に、空洞淵は早口で告げる。

「朱雀さん、悪いんだけど今すぐその炊き出しの場所まで案内してもらえないかな。たぶんそれ、毒きのこだから」

「なにィ！」慌《あわ》てたように朱雀院も立ち上がった。

7

余計な騒ぎにならないよう、玲衣と楠姫を一旦《いったん》寺へ帰らせてから、空洞淵、愛染、朱雀院の三名は渦中《かちゅう》の釈迦堂の元へ駆けつける。

するといったいどういう状況なのか、人垣に囲まれた釈迦堂が一人で椀《わん》に注いだ汁物を啜《すす》っていた。おそらく椀の中身は、先ほど朱雀院が話していたきのこ汁なのだろうが……。

「……あの、彼は何をやっているのでしょう？」

野次馬の中年男性に声を掛けてみる。顔見知りだったので、おう先生、と気さくに応じてもらえた。

「釈迦堂の奴が、悟りを啓けるきのこ汁を振る舞うとか言い出したんで、面白がって見てたんだけどよ。誰もその汁物に手を付けようとしなくてな」

「え、どうしてです？」

「どうしてって、おまえさん」呆れたように男性は答えた。「得体の知れない光る椎《しい》茸《たけ》の汁物なんか、恐ろしくて飲めたもんじゃねえだろう」

「…………」

驚くほどの正論だった。それはそう、としか言いようがない。

だが、どうやらそのおかげで、誰も毒きのこ汁の犠牲にはならなかったようだ。

人々の野生のきのこに対する警戒心の強さに感謝しながら、空洞淵たちは人垣を掻き分けて釈迦堂の前まで歩み寄る。

超然とした様子ながら、どこか寂しそうに一人で椀の汁を啜っていた釈迦堂が顔を上げた。

「……おや、皆様お揃いで」

「――悟。いい加減、馬鹿《ばか》な真似《まね》はお止めなさい」

感情の籠《こ》もっていない声で、しかし明らかな非難の意図を含ませて愛染は告げた。

声質自体は温かみに満ちた穏やかなものであるにもかかわらず、周囲の温度が一瞬で数度下がったような緊張感が走った。取り囲む人垣も、何事かと静まり返った。

さしもの釈迦堂も焦《あせ》ったように顔を引きつらせたが、それでもすぐに例の怪しげな微笑を浮かべて応じる。

「……馬鹿な真似、とは異なことをおっしゃる。私はただ、皆様にも悟入の素晴らしさを実感していただきたかっただけです」

「悟入が斯様《かよう》に楽に得られるはずがないでしょう、この愚か者」

微《かす》かに声に怒気が混じる。辺りの空気が一段とピリついた。引きつった微笑を貼《は》りつけた釈迦堂の顔に一筋の汗が伝う。

「悟入した私を愚弄《ぐろう》するなど、いくら師匠といえどもそのような不敬、許しませんよ」

「不敬はおまえです。これ以上、仏道を汚《けが》すならば容赦しませんよ」

まさに一触即発の状況。さすがに黙って見ていることはできなかったのか、朱雀院が割って入る。

「まあ、待て！　ここはひとまず話し合いをしようじゃないか！　なあ、空洞の字！」

突然水を向けられて面食らうが、確かにただ状況に巻き込まれただけの朱雀院には、この場を収めることは難しいだろう、と思い直して仕方なく空洞淵は引き継ぐ。

「……少し落ち着きましょうか。ええと、まずは釈迦さん。その汁物に入っているきのこは、毒きのこである可能性が高いんだけど……体調の変化とかはないかな？」

「毒きのこ？」心底不思議そうに釈迦堂は首を傾げた。「空洞淵様まで何をわけのわからないことをおっしゃるのですか。これはただの椎茸でございますよ」

ほら、と手にした椀を差し出してくる。

受け取って中に満たされた液体の匂いを嗅《か》いでみる。すると確かに芳醇《ほうじゅん》な椎茸の香りが漂ってきた。もしもこれが、空洞淵の仮説どおりツキヨタケなのだとすれば、このような匂いはしないはずだ。だから少なくとも、きのこ汁の中に椎茸が混じっていることは間違いない。

「ちなみにこの椎茸は、実際にきみが見て光っていたものなの？」

「ええ、まさしく。私の命を繋いでくださったありがたい椎茸です。感謝の気持ちを忘れぬよう、椎茸が生えていたちょうどいい大きさの木を持って帰ってきたのです」

余計なことを、と腹立たしく思いながらも、そうなるとやはり素直に椎茸だけを選別できているとするのが自然か、と考えをまとめていく。もちろん、椎茸が生えていた木だからといって椎茸以外のきのこが生えないわけではないが、偶然形の似た毒きのこが生える可能性はそれほど高くないはずだ。

釈迦堂の様子を見ても、如何にも不健康そうな顔つきをしていること以外に変化はない。

ふむ、と僅かに逡巡した後、空洞淵は椀に口を付けて少しだけ汁を啜る。

「空洞淵先生！」

驚いたように瞠目《どうもく》する愛染。釈迦堂のきのこ汁が毒だと思っているのだから当然の反応だ。空洞淵は片手で愛染を制してから、慎重に口の中で味を確かめる。

塩味の薄い椎茸汁。それ以上でもそれ以下でもない。舌で感じられる異常もなく、そのまま嚥下《えんげ》する。喉《のど》や胃にも違和感はなかった。

当然、それだけで毒成分が入っているか否かを判断できるわけではなかったが、直感的に空洞淵は無毒と判断する。論理的に考えれば、釈迦堂の悟入時の矛盾点も相まって、やはり彼が食べたのは普通の椎茸だった、とするほうが自然であるように思われたためだ。

だが、悟入時に彼が何らかの中毒症状に苦しんだのは紛れもない事実だ。おまけに光る椎茸などというものもそもそも存在しない。

すべて瀕死《ひんし》の釈迦堂が体験した幻覚だったのだろうか……？

そう結論づけるのは簡単だったが、どうにも空洞淵は引っ掛かった。

釈迦堂のこれまでの不可解な行動の数々といい、彼の体験には何らかの意味があるような気がしてならないのだ。

ならば、たまたま今は完全に無毒になっているだけで、釈迦堂が悟入したときには椎茸が毒性を発揮していたとしたらどうだろう。

当時と今で決定的な違いがあるとしたら、おそらく調理法だ。今は鍋で煮ているが、当時は確か串《くし》に刺して焼いたと――。

そこまで考えたとき。

不意に、頭の中に蓄えられていた今回の騒動に関するあらゆる情報が、一本の線で繫がった。

光るきのこ、胸の高鳴り、嘔吐《おうと》、七色に光るお釈迦様、自己改変――。それらが渾《こん》然《ぜん》一体となり、初めからそうであったように真相という絵の枠に収まる。

それはまるで、悟入に至ったと錯覚してしまいそうな体験だった。得も言われぬ万能感が全身を駆け巡り、しかしその高揚もすぐに醒《さ》める。

この手の閃《ひらめ》きは、空洞淵にはよくあることだった。それゆえに、またか程度の感慨しか湧いてこない。悟りを啓いたなどと思い込むほど自惚《うぬぼ》れてはいないのである。

心配そうな面持ちで見つめてくる愛染に、空洞淵は無事を伝える視線を送る。

それから改めて釈迦堂を見やる。

「……釈迦さん。言いにくいんだけど、やっぱりきみの悟入は、偽りの悟入――つまり〈生悟り〉だよ」

釈迦堂の顔に貼りつけられていた古拙の微笑がまた引きつった。

「何を藪《やぶ》から棒に……。そもそも仏道に明るくないあなたに、私の悟入が理解できるはずもないでしょうに」

「確かに僕は仏教については素人《しろうと》だ。でもね、薬師《くすし》として……薬毒物の専門家として、きみの悟入が特別な神秘体験などではないことを説明できるよ」

　空洞淵の指摘に、周囲の人垣から感嘆の声が上がる。まるで見世物のように楽しまれているようで些か心外ではあったが……。釈迦堂が悟りを啓いた、という噂《うわさ》がすでに流れてしまっている以上、大勢の前で真相を明らかにして早く噂を消してしまう必要もあったので、申し訳なさを覚えつつも空洞淵はそのまま続けた。

「まず、このきのこ汁についてだけど……これはきみの言うとおり、毒きのこではなく椎茸の汁物だ」

「それはそうでしょう。私は初めからそのように言って――」

「ただし、ただの椎茸だ。霊験あらたかなありがたい椎茸ではない。ごく普通の、ありふれた、どこにでもある椎茸にすぎない。だから当然、光るはずもない」

「……妙な言い掛かりはよしてください。これは光る椎茸です。私はこの目で光っているところを目撃しています。普通の椎茸は光るわけがないのですから、この椎茸はお釈迦様が私に授けてくださった特別なものです」

不満げに捲《まく》し立てる釈迦堂。早くも余裕を失っている。真に悟りを啓いた者であるならば、この程度では冷静さを失ったりしないだろう。

「そう思いたい気持ちはわかるけど……でも、きのこ汁を飲んだのに僕は悟りを啓いていないよね。本当にこれが特別な椎茸なのであれば、僕も釈迦さんのように神秘体験をしていないとおかしい。それが起こらないということは……やっぱりこれはただの椎茸でしかないんじゃないかな」

「――っ」

釈迦堂は息を呑《の》んだ。口が達者な釈迦堂だが、彼は決して支離滅裂なことを捲し立てているわけではない。確かに飛躍したことを言いがちな印象はあるが、それでも基本的には理屈を重んじる性格をしている。彼の得意とする屁《へ》理屈も、それなりに理屈があってこそ輝くもの。

だからこそ、空洞淵の論理的な主張を頭ごなしに否定できずに口ごもってしまったのだろう。一切の説得が不可能であるように思われた釈迦堂に、綻《ほころ》びが生じた。

空洞淵はそれを好機と判断し、主導権を持って話を進める。

「釈迦さんが口にしたきのこがただの椎茸であったとすると、ならばきみの神秘体験はいったい何だったのか、という別の疑問が出てくる。すべて極限状態が見せた幻想だった、という可能性もあるけど……僕はそうは思わない。釈迦さんのことはそれなりに信用してるからね。きみはかなり強固な人格をしている。だから、きみが体験したことにはちゃんと意味があるのだと僕は思う」

　苛立たしげな、しかしどこか興味を引かれた様子で釈迦堂が口を開いた。

「……では、私の身には何が起きたというのでしょうか」

　釈迦堂が乗ってきた。空洞淵はこれ幸いと語りに熱を込めていく。

「まず、釈迦さんが悟りを啓いたときと、今僕らがきのこ汁を飲んだときとで、決定的に状況が異なる部分があるよね。それは、きみはきのこを食べて嘔吐と腹痛に悶《もだ》え苦しんだけれど、僕は今のところ一切そういった症状が現れていない、という点だ。もちろんこれから現れる可能性はゼロじゃないけど……僕は大丈夫だと思ってるよ。その理由は……調理法の違いだ」

「調理法……」釈迦堂は小さく呟く。「確かに私が焼いて食べたのに対して、今は汁物にして供しています。しかし……それがいったい何だというのでしょうか。口に入れば同じでしょうに」

「きのこだけならね」

　持って回った言い方に、釈迦堂は僅かに苛立たしげだ。これは空洞淵の術中に嵌《は》まっている証拠なので、いい調子だ、と内心で喜ぶ。

「釈迦さんがきのこを焼いたとき、確か串に刺して焼いたと言っていたね。では、その串はどこから持ってきたのかな？　元々持参していたもの？」

「……そんなはずないでしょう」小馬鹿にするように釈迦堂は口を曲げる。「近くに生えてた枝を折って串にしたに決まっているでしょうに」

「そう、まさにそれが問題だった」空洞淵は指を鳴らした。「その枝に含まれていた毒成分によって中毒を起こし、釈迦さんは悶え苦しんだんだよ」

「枝に……毒が……？」

予想もしていなかったのか、そこでようやく釈迦堂が表情を崩して不思議そうな顔をした。

「釈迦さんが串として利用した枝の正体は……おそらく夾竹桃《きょうちくとう》だったんだ」

夾竹桃。インド原産の常緑低木で、暑さや乾燥に強く繁殖力が極めて高いため山などでは大きな薮を作っていることがままある植物だ。

桃のような可愛らしい花を咲かせるため園芸品や街路樹としても利用されているが、一方で極めて高い毒性を持つことでも知られている。

オレアンドリンという強心配糖体を多く含み、その毒性は毒物として有名な青酸カリを遥《はる》かに上回る。事実、世界各地で死亡事故が起きているほどだ。

中毒症状としては、嘔吐や腹痛、動悸《どうき》などが現れる。口に入ればまさに釈迦堂が語っていたとおりの状況になる。

「――状況的に、きみの身に起きた様々な症状は夾竹桃の枝を用いてきのこを串焼きにしたために起きたと考えるのが妥当だ。決して、悟りを啓いたために起きたわけじゃない」

空洞淵の説明を黙って聞いていた釈迦堂は、いい反論が思い浮かばないのか苦しげな表情を浮かべながらも半ば意地のように抗《あらが》ってくる。

「……だからと言って悟りを啓かなかったことにはならないでしょう。第一、それが事実だとしても、きのこが光って見えたのはどう説明するのですか。まさかそれも、木の枝の毒のせいとでも言うつもりですか」

苦し紛れのわりにはいいところを突いてくる。だが、当然その先の説明もすでに用意してある。空洞淵は殊更《ことさら》落ち着いた口調で語りかけた。

「ねえ、釈迦さん。正直に答えてほしいんだけど……悟りを啓いてから、普段よりも、世界が眩しく感じられていないかい？」

意外なことを言われたというふうに目を丸くしてから、再び目を細めて釈迦堂は答える。

「――それは、そうでしょう。悟りを啓いたならば、世界の真なる眩《まぶ》しさに目を細めるのは必定でございます。お釈迦様だって目を細めていらっしゃるでしょうに」

釈迦堂の言葉に、空洞淵は自らの推理の確信を得た。

最初に疑問に感じたのは、泰雑寺の本堂で、悟りを啓いた釈迦堂と顔を合わせたときだ。

薄暗い本堂にいた彼は、逆光で見にくい戸口側に立っていた空洞淵の顔を苦もなく見極めた。

さらにその後、縁側へ移動した際も、日陰の竹林を見て眩しそうに目を細めていた。

そう、彼は悟りを啓いたからお釈迦様のような古拙の微笑を浮かべていたわけではない。ただ眩しいから目を細めていただけなのだ。

傍で様子を窺《うかが》っていた朱雀院は、意味がわからない、といった様子で口を挟む。

「眩しいってのは……どういうことだ？　それが釈迦の字の悟りと何の関係があるんだ？」

「大いに関係があるよ。何故なら、釈迦さんの悟りの正体は〈自己改変〉なのだから」

「自己改変……？」朱雀院は口を曲げる。「それはアレだろう？　修行僧とかが、過酷な修行で自分の存在を感染怪異の要領で書き換えるってヤツだろう？　釈迦の字の身にもそれが起きたと？」

「たぶん偶然なんだろうけど……。深山幽谷の山奥で修行をしていた釈迦さんは、食料に恵まれず生死の境を彷徨《さまよ》っていた。そして死にたくない、という強い思いが、彼の身体《からだ》に思いも寄らない自己改変を行った……。それが、今回の悟り騒動の真相だよ」

神妙な顔で話を聞いていた愛染が口を開いた。

「……確かに、その可能性は十分に考えられると思います。普段の修行に手を抜いていた悟だからこそ、突然過酷な修行を強いられて、自己改変を行ってしまった……。しかし、それならばいったいどのような自己改変を行ったのでしょうか？」

空洞淵は僅かに溜《た》めを作って告げた。

「——視力の増強です」

人間が肉眼で認識できる光は、波長によって決まっている。

これは虹《にじ》を想像するとわかりやすい。

外側の赤から内側の紫に掛けて、色が変化しているのが見てとれるはずだ。その赤から紫までが一般的な可視光領域と呼ばれ、人々が日常的に目にし、認識している光になる。

だが虹の例でいうならば、人間が認識できないだけで赤の外側にも、そして紫の内側にも本来光は存在する。この赤の外側にある光は〈赤外線〉、紫の内側にある光は〈紫外線〉と呼ばれている。これらは、〈現世《うつしょ》〉に暮らす者ならば日常的にも意識する機会が多いだろう。

弱く、儚《はかな》い印象の月の光にもこの赤外線、紫外線は含まれているため、視力を増強し、可視光領域を拡大することで暗い夜も、まるで昼間のような明るさで見渡せるようになる。

釈迦堂が悟りを啓《ひら》いたとき『昼間のように世界が明るく感じられた』のは、まさにそのためだろう。

彼は生き残るために、夜でもよく見える目を望み、自己改変を行ったのだ。

空洞淵の簡単な説明に、愛染も朱雀院も驚きと困惑を見せた。

「まさかそんなことが……」愛染はため息交じりで呟くように言う。「しかし、そのような体験をしてしまったのであれば、悟がそれを悟入と誤解してしまうのも致し方ないことだったのかもしれませんね……」

「だが、空洞の字」納得がいっていない様子で朱雀院が声を上げる。「それなら、椎茸が光る話はどうなったんだ？　別に目がよくなったって、椎茸は光って見えねえだろうに」

「可視光領域の拡大だけならね」

その反論を予想していた空洞淵は、落ち着いて答えた。

「言っただろう？　釈迦さんが行った自己改変は、視力の増強だって。彼は、認識できる光の幅を広げただけでなく、認識できる光の解像度——つまり感度もまた増強したんだ。それによって、椎茸が発していた微弱な光を見ることができたんだよ」

「椎茸が発していた、微弱な光……？」

訝《いぶか》しげに眉《まゆ》を顰《ひそ》める朱雀院。確かにこの説明だけでは意味がわからないだろう。空洞淵は説明を続ける。

「人が認識できないだけで、実はあらゆる生物が微弱な光を放っているんだ。これは、細胞呼吸などの化学反応によって発生してるんだけど……」

この現象は、極微弱生物発光、バイオフォトンなどと呼ばれている。

「おそらく釈迦さんは、本来肉眼では見ることができない、それらの微弱な光も認識できるくらい視力を増強させたんだ。椎茸が光って見えたのも、そのせいだよ。たぶん椎茸以外の別のきのこや、あるいは昆虫や植物も光って見えたはずだけど……悟りを啓いたと思い込んで有頂天になっていた釈迦さんは、そんなこと気にも留めなかったんだろうね」

そこで空洞淵は改めて釈迦堂を見やる。

釈迦堂は項垂《うなだ》れるように俯《うつむ》いている。空洞淵の説明を聞き、自分が悟りを啓いていないことを自覚して落ち込んでいるのだろうか。あるいは、何か反論の糸口でも探しているのか。

……ただ、それにしては少し様子がおかしい。

両拳《りようこぶし》を強く握り込み、まるで感情を抑え込むように小さく震えている。

まさか……怒っているのか。

怒りの感情を抱いている時点で悟りは啓けていないだろうとは思いつつも、さすがにこれだけ多くの人の前で自らの悟りを否定されたら怒りたくなる気持ちもわかる。

「――空洞淵先生もこう仰《おつしや》っています。さあ、もう大人しく寺へ戻りなさい。今なら軽いお説教だけで許してあげますから」

　思うところは色々あるはずなのに、それでも愛染は一歩前へ進み出て慈愛の手を差し伸べる。

　落とし所としてはこのあたりだろう、と空洞淵も思う。あとは釈迦堂がただ一言、数多くの無礼を働いた師匠に謝罪の言葉を述べるだけで丸く収まる。

　そう胸をなで下ろしていたのだが――。

　肝心の釈迦堂は、愛染の手を取ろうともせず、どこか呆然《ぼうぜん》とした様子で呟く。

「……どうして、誰も彼も、私の邪魔をするのだ」

　様子がおかしい。心配そうに朱雀院が尋ねた。

「おい、釈迦の字。大丈夫か……？　顔色が悪いぞ……？」

　釈迦堂は何も答えない。まるで周囲のことなど何も目に入っていない様子で立ち尽くしている。

「……私は、間違っていない……私は正しい……私の、望みは……」

「お、おい、釈迦の字……？　一旦落ち着こう、な……？」

　明らかに尋常の状態ではない釈迦堂に懸命の声掛けを行うが、そんな朱雀院の声はもはや届いていない。

ぐぅ、と咽《のど》を鳴らして蹲《うずくま》る釈迦堂。慌てた様子で朱雀院は駆け寄るが、釈迦堂に触れる直前で何かに弾《はじ》かれるように手を引いた。

「和尚《おしょう》様！　なんかヤバいです！」朱雀院が、警戒の声を上げる。

空洞淵の側に立っていた愛染は、ただ小さく、拙《まず》いですね……、と呟く。

異変が起きていることは、特別な能力を何も持たない空洞淵にもわかった。

何故ならば——。

蹲る釈迦堂の額からは二本の角が伸び、口元からは鋭い牙《きば》が覗き始めたのだから。

「——ついに〈魔〉に飲まれましたか。まったく、どこまで未熟なのか」

愛染は、呆《あき》れをはらんだような憐《あわ》れみの視線を変わりゆく弟子へ向けて呟く。

「愛染様、あれはいったい……？」戸惑う空洞淵。

感染怪異、とも思ったが今この状況で何らかの認知総量の変化があったようには見えない。少なくとも今目の前で起きている状況が、空洞淵がこれまで直面したことのないものであるのは間違いない。

「あれは——〈マラ〉です」

「……は？」

思いも寄らない愛染の一言に、空洞淵と朱雀院は顔を見合わせて——それから気まずくなって視線を外す。

空洞淵の知る〈マラ〉とは、男性器の俗称なのだけれども……。

居心地の悪さを覚える男性二名のことなどまるで気にしていない様子で、愛染は不肖の弟子を見つめながら続ける。

「漢字では、悪魔の『魔』に羅刹《らせつ》の『羅』と書いて〈魔羅〉です。お釈迦様が悟りを啓く際、その瞑想《めいそう》を邪魔するために現れた悪魔であると言われています。〈魔羅〉は煩悩《ぼんのう》の化身なので、悟りを啓かれることは自身の破滅に繋がります。そのため修行僧が悟りを啓くことを妨げる目的で出現するのです。煩悩の象徴として男根を暗示することもあるようです。まあ、さすがにあそこまではっきりと顕現《けんげん》するのは極めて稀《まれ》ですが……」

まったくどこまで欲に塗《まみ》れているのですか、と愛染は呆れ声でため息を吐《つ》いた。

この状況でも落ち着き払っているが、そう暢気《のんき》に構えていられるものなのだろうか。

すぐに異変は伝播《でんぱ》して、周りで様子を窺っていた人々が蜘蛛《くも》の子を散らすように逃げ出していく。〈幽世〉に住む人々は、この手の厄介事に慣れているので判断が早い。

基本的には自分の身は自分で守るというのが、〈幽世〉の鉄則だけれども、このまま放っておいたら怪我《けが》をする人なども出てくるだろうから、これ以上騒ぎが広がるまえに始末を付けなければならない。

「あの……それで釈迦堂さんはどうなるのですか……？」

「あれは言ってしまえば、無意識の煩悩が実体化した存在……。いわゆる自己改変に近いものです。自我を失っているので、放っておいたら人々に害を為《な》すでしょうが……祓《はら》い屋であれば、通常の感染怪異と同じように祓えるはずです」

人に害を為すのであれば、早く対処しなければならない。幸いにして、ここには祓い屋もいる。期待の眼差《まなざ》しを朱雀院へ向けるが……肝心の祓い屋は何とも言えない顔で立っていた。

「……悪いが俺は東洋の怪異は専門外だ。アレの概念もよくわからんし、正直あまり関わり合いになりたくない」

朱雀院は、カトリックに起源を持つ独自宗教の祓魔師《ふつまし》である。仏教における煩悩の象徴たる悪魔の祓い方がわからずとも致し方ない。

ならば東洋系の怪異の専門家である綺翠に祓ってもらう以外に釈迦堂を救う手立てはないのだけれども……正直空洞淵も、綺翠をアレに関わらせたくないというのが本心だった。

だが、人命が懸かっている状況でそう贅沢《ぜいたく》も言っていられない。空洞淵は綺翠を呼びに行くために駆け出しかけるが、それよりも先に愛染が釈迦堂に向かって一歩前へ進み出た。

「――弟子の過《あやま》ちは師の過ち。ここは拙僧が引導を渡しましょう」

「愛染様！　危険です！」

空洞淵は慌てて止める。相手は怪異化しているのだ。いくら愛染が立派な高僧であっても、祓い屋ではない以上太刀打ちできる道理はない。

しかし、愛染は危機的状況にもかかわらず、穏やかに微笑《ほほえ》み返してきた。

「空洞淵先生、お気遣い感謝いたします。ですがどうかご安心くださいませ。拙僧の愛を受ければ、必ずや悟も正気に戻るでしょう」

そんな精神論でどうにかなる相手ではない、と思う。こうなったら力尽くでも止めなければ、と危険を承知で愛染の前に立ち塞《ふさ》がろうと身を乗り出すが、それを阻止するように朱雀院に後ろから襟首を摑《つか》まれた。

「では、和尚様。我々は市民の避難誘導にあたりますので、あとはよろしくお願いします」

「ちょっと、朱雀さん……！」

非難の声を上げる空洞淵だったが、いいから、と強引に愛染の元から引き離される。

「祓い屋じゃない和尚様が怪異と戦うのを気にしてるんだろうが、心配いらないぞ」

愛染たちから距離を取り、朱雀院は空洞淵にだけ聞こえる小声で言った。そうは言われても不安は残る。

「心配いらないって……。釈迦さんは怪異になったんだよ？　それなのに祓い屋でもない愛染様を一人残していくなんて、あまりにも薄情じゃないか」

「薄情なんかじゃない。単純に、俺らがいても邪魔になるだけだから離れたんだ」

「邪魔になる……？」

「……まあ、見てればわかる」

結局不安は解消されないまま、ひとまず空洞淵は街の人々の避難誘導を行いながら、逐一愛染たちの様子を窺う。

男性の中でも長身の部類の釈迦堂と、女性の中でも細身で華奢《きゃしゃ》な愛染。

彼我の体格差は絶望的なほど。あんな光景を見せられて不安にならないわけがない。

いざとなったら、朱雀院を盾にしてでもあの場に飛び込んで愛染を救いだそうと心に決めて警戒しつつ見守る。

蹲っていた釈迦堂がすっくと立ち上がる。完全な怪異化を終えたのか、立派な角と牙が生え揃い、目は飢えた獣のように血走っている。悪鬼と呼ぶに相応《ふさわ》しい恐ろしい姿。

口元からだらしなくよだれを零《こぼ》しながら、獲物を見定めるように目の前の尼僧を睨《にら》みつけていた釈迦堂だったが、容易に組み伏せられると見切ったのか大地を蹴《け》り、鋭い爪《つめ》で愛染に襲い掛かる。

人間離れした脚力から繰り出される目にも止まらぬ一撃。体重差も倍近くあるはずで、掠《かす》っただけでも致命傷になりかねない。

空洞淵は思わず、危ない！　と手を伸ばす。

これだけ距離の離れた空洞淵に今さらできることなど何もなかったが、それでも無意識の行動だった。

轟音《ごうおん》が響き渡り、舞い上がった土煙が少しずつ薄れていったところで……信じられないものを見る。

大地に拳を突き立てた釈迦堂と、その目前に立つ愛染。すんでのところで躱《かわ》したらしいことはわかるが、そこから先は完全に常軌を逸していた。

愛染は——双眸《そうぼう》を閉じ、胸の前で両手を合わせ——合掌していた。

自らが襲われ、命の危機に瀕しているはずなのに……彼女は戦う意思を放棄したのだ。

「一心頂禮《いっしんちょうらい》。萬徳圓滿《まんとくえんまん》。釋迦如來《しゃかにょらい》。眞身舍利《しんじんしゃり》。」

状況が理解できず困惑する空洞淵の耳に、心地よい経の調べが届く。

子どもの頃に通っていた近所の幼稚園が仏教系だったので、何度か耳にしたことのあるお経だ。

確か——〈舎利《しゃり》礼文《らいもん》〉。非常に簡単に言ってしまえば、仏舎利《ぶっしゃり》、つまり仏様の遺骨を礼拝することで、悟りの大智《たいち》を得られるといった内容の経だ。

しかしながら、何故《なにゆえ》突然に読経《どきょう》など始めたのか。何故戦う意思を放棄したのか。

何もわからないまま、空洞淵はただただ状況を見守るしかない。

「本地《ほんじ》法身《ほっしん》。法界塔婆《ほっかいとうば》。我等禮敬《がとうらいきょう》。爲我《いが》現身《げんしん》。入我我入《にゅうががにゅう》。」

読経が始まった途端、まるで何かに怯《おび》えるように釈迦堂の攻撃が加速する。激しく繰り出される鋭い爪撃《そうげき》。だが、そのすべてを愛染は、目を閉じて合掌したまま紙一重で躱していく。

「佛加持故《ぶつがじこ》。我證菩提《がしょうぼだい》。以佛神力《いぶつじんりき》。利益衆生《りやくしゅじょう》。發菩提心《ほつぼだいしん》。修菩薩行《しゅぼさつぎょう》。同入圓寂《どうにゅうえんじゃく》。平《びょう》等大智《どうだいち》。」

爪撃、蹴撃《しゅうげき》、当て身。あらゆる釈迦堂の攻撃は、一度として小柄な尼僧を捉《とら》えられない。戦闘の専門家である綺翠ならともかく、ただの僧侶《そうりょ》に何故《なぜ》それほど人智《じんち》を超えた動きができるのか理解できない。攻撃を見切って躱しているというよりは、まるでそちらへ動けば攻撃が当たらないと予《あらかじ》め知っているような動きでもあり、目の前の光景はますます理解の範疇《はんちゆう》を超えていく。

攻撃はまるで当たらず、読経はまもなく終了する。

しびれを切らしたのか、釈迦堂は一瞬だけ動きを加速させ、愛染の急所を狙《ねら》った一撃を繰り出す。危ない、と再び反射的に手を伸ばしかけるが――。

「――は？」

空洞淵はつい間の抜けた声を上げてしまった。

釈迦堂の鋭い爪が、愛染の胸を突き刺すかに思えた次の瞬間。

突如として愛染の姿が消え、釈迦堂の爪は空を切った。

釈迦堂本人も何が起こったのかわからない様子で、周囲に視線を巡らせて消えた尼僧の姿を探す。

そのとき、釈迦堂の身体に影が差した。

時刻はおよそ正午近く。ほぼ真上にある太陽を遮るものなど、何もないはずなのにいったい何故――。

そんなささやかな疑問は刹那《せつな》の後に氷解する。

釈迦堂の頭上に、愛染の姿があった。

高さにして約五間（十メートル弱）ほど。愛染が自身の力で跳び上がったとするならば、尋常ならざる跳躍力だ。

空中であるにもかかわらず、愛染は体勢を崩すことなくしなやかに身体を捻《ひね》り、合掌を解いて右の握りこぶしを掲げている。

まさか――、と嫌な予感がした。

そこでようやく釈迦堂も頭上の愛染に気づいたようで、驚いたように顔を上げて迎撃態勢を取る。

だが、それも一瞬遅かった。

「今将頂禮《こんじようちようらい》。」

――今将《まさ》に頂禮《ちようらい》す。

読経を終えた愛染は、虚空《こくう》を蹴るように鋭い加速で釈迦堂の間近に迫る。そしてそのまま、防御姿勢も取れていない無防備な脳天目掛けて、無造作に拳を振り落とした。

拳が釈迦堂に触れた瞬間、眩《まばゆ》いばかりの虹色の光が溢《あふ》れる。そして僅《わず》かに遅れて爆発音が空洞淵の身体を震わせた。

まるで隕石《いんせき》でも墜《お》ちてきたのかと思うほどの衝撃。舞い上がる土埃《つちぼこり》に空洞淵は思わず目を瞑《つむ》る。

そのとき、一陣の風が吹き抜けた。空洞淵は恐る恐る目を開ける。あまりにも強大な力によって抉《えぐ》り取られたような無残な地面。その真ん中に、黒衣を纏い濃紫《こむらさき》の袈裟《けさ》を身に着けた男が伸びて倒れていた。

ピクリとも動かないので、空洞淵は慌てて駆け寄る。釈迦堂は、ぐったりしていたが息はあったのでひとまずホッとする。それからすぐに、先ほどまであったはずの角や牙が綺麗《きれい》さっぱりなくなってしまっていることに気づいた。

怪異化が、解けていたのだ。

空洞淵は戸惑うことしかできない。当然、朱雀院がこっそりと手を貸していたわけでもないだろう。空洞淵が見ていた限りでは、ただ愛染が思い切り釈迦堂を殴りつけただけである。

いったい何が起こったのかもわからず、呆然としてしまう。

そんな空洞淵の複雑な心境など一切気づいていない様子で、釈迦堂の傍らに立っていた愛染は弟子の後ろ襟を摑んで、いとも容易《たやす》げに大穴から引き上げた。

そして周囲をぐるりと見回して一礼。

「――皆様。この度は不肖の弟子が大変なご迷惑をお掛けいたしました。このお詫びは必ずいたしますので、何とぞご寛恕《かんじょ》いただけましたら幸いでございます」

誰もが状況に圧倒されて唖然《あぜん》とする中、あくまでも淑《しと》やかな所作で、それではごきげんよう、と釈迦堂を引《ひ》き摺《ず》ったまま愛染は立ち去って行った。

9

「――〈胎蔵受胎菩提《たいぞうじゅたいぼだい》・白無垢《しろむく》〉。それが彼女の異能の名前です」

〈国生みの賢者〉金糸雀は、どこか眠そうな声でそう言った。

賢者の邸宅〈大鵠庵《だいこくあん》〉の一室だった。

金糸雀が夏バテになってしまっている、と従者の紅葉《もみじ》が伽藍堂まで相談に来たので往診に来ているところだ。

金糸雀の脈診に集中していた空洞淵は、半分以上を聞き逃してしまう。

「……ごめん、なんて言った？」

「〈胎蔵受胎菩提・白無垢〉です。まあ、これはわたくしが便宜的にそう名づけただけなので、名前自体に大した意味はありませんが……」

空洞淵は反対の手の脈を診ながら、金糸雀の声に耳を傾ける。

「今から随分と昔の話になりますが……。あるとき愛染様は世の無常を嘆き、不幸に苦しむ人々を救うことを願って厳しい修行に入られました。生死の境を彷徨うような過酷な修行を何年も続け……そしてその果てに、ついに自らの願望を叶《かな》えるべく自己改変を成し遂げたのです」

そこまでは空洞淵も聞いた話だ。それがいったいどれほどまえの話なのか、気にならないといえば嘘《うそ》になるが今は触れないでおく。

「愛染様は、自身の中に理性と慈愛に満ちた新たな世界を作り出しました」

「新たな世界……？」

脈診も中断して、空洞淵は繰り返す。

「はい。仮想世界とでも申しましょうか。愛染様はあらゆる苦しみのない、理想の世界をまずご自身の心の中に作り出しました。そしてその心象世界の事象を、極めて限定的にではありますが、こちらの現実世界において具現化できるのです」

「……今、さらりとすごいこと言わなかった？」

あまりにも非常識な発言に思わず、聞き違いかな、とも疑う。

心の中に作った理想の世界のことを、現実世界に持ってくる。

言い換えるならばおそらく、自分の理想を現実化する、ということだろう。

それは――現実改変にも等しい力だ。

たとえば綺翠は、〈破鬼の巫女《みこ》〉という異能を持って生まれている。これは祓い屋の能力でもあるが、同時にある種の現実改変能力でもあるという。

〈幽世〉の秩序を守る要《かなめ》として存在する〈破鬼の巫女〉だからこそ、そのような規格外の能力を持って生まれてくるわけだけれども……。

それに類する力を、愛染は厳しい修行によって獲得したということか。

あまりにも――常軌を逸している。

金糸雀は少しだけ困ったような顔で続ける。

「極普通の一般人として生まれた人が、後天的に獲得する能力としては本当に最上級のものになります。文字どおり、桁外《けたはず》れと言ってもいいでしょう。それゆえにわたくしはこれを一つの〈悟り〉の境地――すなわち〈菩提〉であると捉えて、異能の総称として〈胎蔵受胎菩提〉と名づけたのです」

空洞淵は頭の中で必死に情報を整理しながら尋ねる。

「ええと、話に聞く限り、どうもその愛染様の異能は、綺翠のものと同系統のようだけど……もしかしてそれも金糸雀の力に由来するものなのかな？」

「まさしく。〈幽世〉に存在する異能のほぼすべてが、わたくしが持っている特別な力を、間接的に借り受ける形で発現しています。本来それは、異能を持つ人が生まれた瞬間から獲得しているものであり、愛染様のような例は極めて稀なのですけれども……」

要するに愛染は本当にとんでもないことを成し遂げたらしい。

「じゃあ、釈迦さんに取り憑《つ》いた〈魔〉を祓ったのも……？」

「はい。おそらく彼女の異能で〈なかったこと〉にしてしまったのだと思います」

愛染の異能は、己の中にある理想世界の一部を現実世界に上書きするようなもの。

愛染が、釈迦堂を元に戻すことを望んでその拳を振るったのであれば、彼女の想《おも》いに世界が応《こた》えて釈迦堂を元に戻した、とすれば辻褄《つじつま》は合う。

何と言うか、重ね重ね本当にとてつもない能力だと思う。

「いずれにせよ、大事にならなくてよかったです」

金糸雀は他人事《ひとごと》のように言った。

空洞淵は脈診を再開しながら、そうだね、と答えて事の顛末《てんまつ》について想いを馳《は》せる。

あれから。

まるで何事もなかったように日常が戻ってきた。

空洞淵はまた忙しく伽藍堂での業務にあたって、充実した日々を過ごしていた。

そんな中、例の騒動から三日が経過したところで、突然伽藍堂に来客があった。

「……その、旦那《だんな》。ご無沙汰《ぶさた》しております」

極めて身を低くした所作で店内に入って来る痩《や》せた男を見たとき、空洞淵はそれが誰だか一瞬わからなかった。

声を聞いてようやく知人の釈迦堂悟であると気づいたが、その姿は空洞淵の知るものとはまた輪をかけて変わっていた。

まずいつもの黒衣に濃紫の袈裟を着けた姿ではなく、草色の作務衣を着ていた。曰《いわ》く、罰としてしばらく袈裟の着用を禁じられたらしい。

まあ、それはいい。服装が変わっていたくらいで人が認識できなくなるほど、空洞淵も愚鈍ではない。

問題は、頭が綺麗さっぱり丸められて、それはそれは見事な禿頭《とくとう》を晒《さら》していたことで——。例の修行のせいで痩せて人相が変わってしまっていることも相まって、これでは誰だかわからなくなってしまっても仕方がない。

ちなみに、綺麗に剃《そ》り上げられた頭頂部には大きなたんこぶができていた。おそらく愛染に殴られたところだろう。見るだけで痛そうで、少し同情してしまう。

「……どうしたの、その頭？」

躊躇《ちゆうちよ》なく尋ねると、釈迦堂は恥ずかしそうに毛のなくなった頭を撫《な》でた。

「ええ、そのぉ……今回のあれこれのけじめとして丸めさせられまして……。いやあ、今が夏でよかったですよ！　冬なら風邪を引いてしまっていたところです、はっはっは！」

わざとらしく笑い声を上げる釈迦堂。さすがに諸々堪《もろもろこた》えたらしい。

一頻《ひとしき》り笑い終えてから、釈迦堂はばつが悪そうに言った。

「その、旦那。この度はご迷惑をお掛けいたしました……。私もいささか調子に乗りすぎたと反省しております……」

「うん、まあ、僕はいいんだけど……街の人にも迷惑を掛けたみたいだし、僕よりそちらへ謝りに行ったほうがいいんじゃない？」

「ええ、それはもう……すでに禊《みそ》ぎは終えてきました」

どうやら先に方々への謝罪を済ませてきて、最後にここへ立ち寄ったようだ。

空洞淵は別に今さら気にしていなかったが、それでも律儀《りちぎ》に頭を下げに来るあたり、何だかんだ言ってこの男のことが憎めない。

ただ実害こそ出なかったからよかったものの、例の椎茸《しいたけ》が毒きのこだったら本当に取り返しの付かないことになっていたかもしれないのだ。これに懲《こ》りてもう馬鹿な真似はしないと信じたい。

「まあ、〈生悟り〉の万能感に酔ったってことで、今回は手打ちにしておこうか。これからはちゃんと師匠の言うことを聞かないと駄目だよ」

「はい、それはもう肝に銘じております……」

何かを思い出したのか、釈迦堂は身震いした。無意識に恐怖を想起するくらいが、この男にはちょうどいいのかもしれない。

せっかくなので、ずっと気になっていたことを尋ねてみる。

「それはそうと、どうしてそこまで独立に拘《こだわ》ってたの？」

「……気になりますか？」

気まずげに顔を引きつらせる釈迦堂。どうも言いたくなさそうではあるが、ここまで騒動に巻き込まれたのだから、それくらいは聞く権利があるだろうと思う。

「言い方は悪いけど、やっぱり釈迦さんは独立して仏の教えを広めていこう、と考える性格じゃないと思うんだ。何か余計な企みでもあるのかって、訝しまれても仕方ないんじゃないかな」

率直な意見を述べると、手厳しいですねえ、と釈迦堂は観念したように禿頭を撫でた。

「まあ、旦那にだけは特別にお話ししますがね。……私は今の泰雑寺を変えたいのです」

「生臭坊主《なまぐさぼうず》なのに？」空洞淵は訝しんだ。

「それはそれ、これはこれです」至って真面目《まじめ》に釈迦堂は続ける。「旦那だって、うちの寺を見たとき内心で思ったでしょう？　なんて寂れた古寺だ、って」

「まあ、うん」空洞淵は正直に答えた。

「でも、御巫神社や聖桜《せいおう》教会を見ても、古びてはいるものの寂れているとは感じないでしょう？」

それは確かにそうだ。実際、神社や教会も建物自体は大変な歴史を感じさせるものだが、寂しさのようなものは感じられない。極楽街三大宗教施設の中では、泰雑寺はやはり一際《ひときわ》寂れてしまっているように思う。

「理由は色々あるのでしょうが、私の所感では、神社は今も多くの人の信仰を集め、また教会は孤児院があるから活気がありますが、寺だけは信仰も活気もないためです。誤解を恐れずに言うのであれば……うちの寺は人気がないんですよ」

空洞淵は何も反論できなかった。確かに極楽街では御巫神社の人気が高すぎて、他の宗教施設はより存在感が薄くなってしまっていると言える。そう思うと、空洞淵も神社側の人間なので信仰心を一方的に集めてしまっていることに申し訳なさを覚えてしまう。

「いえ、別にこれは旦那や巫女殿のせいというわけではなく、単純にうちの都合です。加えて言うならば、人気がないというより正確には必要以上に畏怖《いふ》されてしまっている、というほうが正しいのですが」

榊《くるみ》が運んでくれたお茶を釈迦堂は美味《うま》そうに啜《すす》る。

「これは楠姫から聞いた話ですが、昔はうちの寺もかなり栄えていたそうです。何十人もの弟子が切磋《せっさ》琢磨《たくま》し合い、街にはたくさんの檀家《だんか》もあって……。でも、師匠の代になって次第に人が離れていきました」

「どうして？　あんなに立派な方なのに」

あれほどまでに、己の身を犠牲にして衆生《しゅじょう》を救うことを本気で願っている僧侶を空洞淵は他に知らない。

純粋な空洞淵の疑問だったが……釈迦堂はどこか悲しげに首を振った。

「立派すぎるのです。あの方は……あまりにも正しすぎる。その真《ま》っ直《す》ぐな人となりも、日々の苛烈《かれつ》な修行も、我々凡人には理解の外にある。それゆえに、師匠自身が畏怖の対象となってしまい、近づくことすら畏《おそ》れ多くなっていったのです」

「――」

畏怖の対象となり、人が離れていく。それはまさしく、綺翠が抱えている悩みに他ならない。今になってようやく、いつかの夜に綺翠が言っていた『必要以上に畏れられている』という言葉の真意を理解する。

神社には人々の信仰心が集まっているから、それでもまだ人との繋《つな》がりを保てているが……愛染の場合はそれが極まってしまい、人との繋がりも断たれてしまったということか。

正しい行いをしているはずが、それゆえに理解されない。

つくづく……人の世は難しい。

「さらに問題なのが、うちの師匠は布教の類《たぐい》に一切興味がないのです。毎日毎日修行に明け暮れ、それだけが衆生を救う道であると強く信じています。それこそ、お釈迦様の教えを人々に広めることよりも、ね」

「でも……それが禅宗なんじゃないの？」

「おっしゃるとおりです。我々禅宗は、まず禅により悟りを啓くことが第一目標です。

布教は悟りを啓いたあとで本格的に行えばよい、という考えです。お釈迦様がそうしていたようにね。まあ、確かにそれはそのとおりなのですよ。お釈迦様の教えを実践できておらず、悟りを啓けていない者が何を言ったところで、それはただの受け売りに過ぎません。なればこそ、実際にお釈迦様の教えを自らの血肉とし、厳しい修行の末に悟りを啓いたものが布教を行うことに意味がある。何せ説得力が違いますからね」

言われてみればそのとおりだと思う。事実、仏教の開祖であるガウタマ・シッダールタ――所謂《いわゆる》お釈迦様は、悟りを啓いたあとで自らの教えを広めていったとされている。

ならば、お釈迦様の志《こころざし》を継ぐ者たちもまた、同じように悟りを啓いてから布教活動に専念するべきなのだろう。

あくまでも理想論の話だけれども。

「ただ、旦那もご存じかもしれませんが、生涯を賭《と》して厳しい修行を続けたとしても、実際に悟りを啓くことができる者はほんの一握りです。師匠でさえも、この先本当に悟りを啓けるかどうかはわかりません。まあ、でも、別にそれはそれで構わないのです。師匠がその生き方に満足しているのであれば、私が口出しすることではありませんからね。――そんなふうに思っていたのですが、最近少々心変わりをいたしまして」

「ひょっとして、それは春先に金糸雀が倒れたときのこと？」

ずっと引っ掛かっていたことを尋ねると、釈迦堂は真面目な顔で頷《うなず》いた。

「はい。あのとき他の皆様は〈幽世〉の存続を心配していたと思いますが……私は別の不安に駆られました。今まで考えたこともなかったのですが……いずれ師匠も死ぬのだと気づいたのです。当然といえば当然のことなのですが……真面目に考えたことがありませんでした。何と言うか、師匠は見た目から人間離れしすぎていて、死などとうに超越してしまっているのだと、勝手に思っていたのです。しかし……不老不死と思われた賢者殿が倒れたとき、急に師匠が死んだあとのことを思い、私は初めて不安を抱きました。このままでは、師匠の積んだ厳しい修行が、ただ無に返ってしまうと」

釈迦堂はどこか哀愁漂う遠い目をしながら続ける。

「皆さんご承知のとおり、私はほら、生臭坊主ですからね。師匠の死後、お釈迦様の教えの伝道者がいなくなって寺が廃《すた》れても、さして問題ではないと考えています。お釈迦様も無理はしなくてもよい、とおっしゃっていますからね。だいたい私が師匠の跡を継いで寺を盛り立てることなど無理です。性格的にもね」

　自虐的に釈迦堂は苦笑する。

「でも……師匠のことは、こう見えて本当に尊敬しているのです。あの方は真に偉大な僧侶です。それこそ世界を変える逸材であると信じています。だからこそ、あの方の偉業が世に理解されぬまま、何もなかったことにされてしまうのが耐えられないのです。師匠はそんなこと気にも留めないと思いますが……私はそれがどうしても許せなかった。だからこそ、私は独立しなければならないと考えたのです」

　そこでようやく空洞淵は、釈迦堂の意図を察する。

「じゃあ、まさか……すべて愛染様のためだったの？」

「はい」

　いつもの何を考えているのかわからない怪しげな半笑いではなく、愚直なまでに真剣な顔つきで、釈迦堂は言い切った。

「師匠の偉業を衆生の人々に理解していただくためには、そもそもまずお釈迦様の教えを人々に説いて回る必要がありました。つまり布教ですね。もちろん、泰雑寺に留まったまま布教活動に精を出す手もありましたが……残念ながらそれは無理でした」

「無理って……どうして？」

「師匠が畏怖の対象になってしまっているからです」

釈迦堂は何とも言えない渋い顔で言った。

「先ほども申し上げましたが……師匠は街で大変な畏怖の念を抱かれています。そしてその畏怖は、泰雑寺そのものにまで拡大しています。毎日あれだけ厳しい修行を行っているのですからそれも当然です。結果として寺は、偉大な僧侶の修行場と思われ、人々から近づくことさえ畏れ多いと認識されてしまっているわけです。そのようなところから布教活動など行ったところで……真の意味で人々の心に届かないでしょう。事実、旦那でさえ、今や寺と師匠のことを特別な存在だと思ってしまっているでしょう？」

「…………」

それを言われてしまったらぐうの音も出ない。愛染の偉大さを理解してしまったがために……近寄りがたいと思ってしまっている。何という矛盾か。

「師匠の偉業を理解していただきたいだけなのに、師匠自身が結果として人々の理解を阻《はば》んでしまっているのです。実に皮肉な話ですが……。そこで私は内側からの布教を諦《あきら》め、独立して外側から新たな禅宗として布教活動を行おうと考えたのです。そしてそれは当然、師匠が生きて元気に修行を続けている間に行わなければ意味がありません。そのために私は、善は急げとばかりに独立を申し出たのですが……まあ、呆れるほどあっさり断られてしまいまして――そんなこんなの末に、今に至ります」

ようやくすべてが繋がった。

空洞淵はこれまでよくわからなかった釈迦堂の心の内を、少しだけでも理解できたことを嬉《うれ》しく思った。

「それじゃあ、ひょっとして釈迦さんが率先して生臭坊主を続けているのは、街に広まった寺の堅い印象を少しでも和らげるために？」

最後にふとした疑問を投げ掛けると、釈迦堂は心底不思議そうな顔をしてから、急に得心いったように、

「そうですそうです」

と、何故か他人事のように答えた。


――長い脈診を終えた空洞淵は、金糸雀の細い腕からそっと手を離した。

「やっぱり軽い夏バテだね。陽気が少し落ちてるから、元気が出ないんだと思うよ。表面の陽気を補う薬を処方するから、一週間ほど続けてみてね」

「はい。主さま、暑い中往診していただきまして、ありがとうございます」

嬉しそうに、金糸雀は年頃の少女然とはにかんだ。

診察を終えたところで、侍女の紅葉が麦茶を運んで来てくれた。まるで冷蔵庫から取り出したばかりのようにそれはよく冷えていた。ありがたい、と思いながら空洞淵は喉《のど》を潤《うるお》す。

「――ときに主さま」

不意に金糸雀が言った。

「今回の釈迦堂様の騒動の顚末は、紅葉から聞き及んでおります。主さまがまたご活躍されたとのこと、わたくしは我が事のように喜んでいる次第ではございますが……。皆の前でお考えを披露されたときはあえて語らなかった、何か思うところがあるのではございませんか？」

すべてを見透かす蒼玉色《そうぎょくいろ》の瞳《ひとみ》に見つめられて面食らう空洞淵。

彼女を象徴していた額の〈第三の眼〉はもうない。それはつまり、彼女が以前まで持っていた〈千里眼〉という万物を見通す異能を失ったことを意味する。

しかし、それでも彼女の聡明《そうめい》さは健在だ。

だからこそ、〈千里眼〉がなくとも、普通の人よりも多くのものが見えているのだろう。

空洞淵は、観念して答えた。

「――一つだけ、あのときみんなの前で語った推理では説明しきれないことがある。でも、本当はその部分が今回の騒動の肝であるとも思ってる。あくまでも想像でしかないけど……それでもよかったら、聞いてもらえるかな」

「もちろんです」金糸雀は嬉しそうに小首を傾《かし》げる。

空洞淵は姿勢を正してゆっくりと語り始める。

「釈迦さんが食べたきのこがただの椎茸で、串《くし》に使った夾竹桃《きょうちくとう》の枝に毒性があった、という部分はおそらく状況的に見て事実だと思う。ただ、そうすると何故、彼が今も生きているのかが説明できないんだ」

夾竹桃に含まれるオレアンドリンの毒性は、青酸カリを遥《はる》かに凌《しの》ぐ。事実として世界各地で死亡事故が多発している程だ。わずかでも体内に入ってしまったら死にかねないというのに、釈迦堂は串に刺して焼いた椎茸をたらふく食べたのだという。

そんな状況で今も当たり前のように生きていることは、ツキヨタケの仮説と同様、はっきり言って理解できない。

あるいは、釈迦堂が串として利用した枝のうち、一本だけが夾竹桃であったとすれば致死量を摂取しなかったとしても不思議ではないが、それでも別の疑問が湧《わ》く。

そもそも夾竹桃は、その毒性ゆえに土壌をも汚染する。つまり近辺に生えていたという椎茸にも毒性が移行していたと考えるのが自然だ。

空洞淵のように少量を口にしただけならばともかく、それをたらふく食べても生きているという状況は、やはり理解できない。

「……だから、思ったんだ。ひょっとして釈迦さんは、本当に悟りを啓いたんじゃないか、って」

空洞淵の言葉に、金糸雀は穏やかな微笑みを湛《たた》えたまま耳を傾ける。

「さっき愛染様の異能について説明してくれたとき、自己改変を一つの悟りの境地だ、って言ってたよね。だからたぶん、釈迦さんの身にも似たようなことが起きたんじゃないか……と、僕は勝手に思ってる」

「似たようなこと、というと？」

「愛染様は、自分の中の理想の世界を現実に具現化できる。同じように釈迦さんは、自分の能力を自在に操ることができたんじゃないかな」

生き延びるために、視力を増強させたのはあくまでも表現の一つでしかない。

釈迦堂が悟りによって獲得したのは、人間が持って生まれた能力を拡大し、自由自在に行使する能力だった。

だから体内に入った致死量を遥かに超える毒物も、速やかに解毒《げどく》したために死ななかった。

そして解毒の最中、悶《もだ》え苦しんでいたときも、その苦しみを和らげるために自分の意思で大量の脳内麻薬を分泌《ぶんぴつ》した。それゆえに、虹色の後光が射《さ》したお釈迦様の幻覚を見た。

釈迦堂にとっての〈悟り〉とは、自身という存在を完全に制御することだった——。

そう考えると、驚くほどすんなりと今回の騒動を理解できる。

「それが彼の〈悟り〉だったと仮定すると、もう一つ解ける疑問がある。それが、子どもの頃真面目だった彼が、ある日突然不真面目になってしまった、という逸話だ。普通に考えたら意味不明なこの状況も……彼独自の〈悟り〉が関わっていると考えれば納得できる。すなわち——彼は子どもの頃、すでに一度〈悟り〉を啓いてしまっているんじゃないかな」

些《いささ》か飛躍した論理ではあったが、金糸雀は形のいい眉を興味深げに動かした。おそらく一定の納得を示してくれているのだろう。

「だが、子どもの頃の彼は、〈悟り〉によって獲得した能力によって、〈悟り〉そのものをなかったことにしてしまった。それと同時に、もう二度とそのようなことが起きないよう自身をこの上なく不真面目な性格に作り替えた。どうして、彼がそんな決断を下したのかまでは僕にはわからないけど……人が変わったようになった彼の子ども時代の逸話を理解するには、そう結論づけるのが自然だ」

　真っ直ぐに金糸雀を見つめて空洞淵は告げた。

　しばし空洞淵の言葉を堪能《たんのう》するように黙りこくっていた賢者は、やがてふわりと微笑んだ。

「――これからお話しすることは他言無用でお願いいたします。あれは、今から十五年ほどまえになるでしょうか。ある日突然、わたくしの元を一人で訪ねてきた釈迦堂様は、とても悲しそうにこう告げました。『悟入に至ってしまった』と」

　空洞淵は思わず息を呑《の》んだ。

　悟入に至った――それはつまり、空洞淵の推理を裏付けていることに他ならない。

　だが、『至ってしまった』というのは、どういうことなのか。禅宗の修行僧にとって、悟入に至ることは最大目標であり、喜ばしいことではないのか。

「当時の釈迦堂様は、まだあどけなさを残した少年でした。彼は悲しげにこう続けました。『師匠すらまだ至っていない悟入に、未熟な私が至ってしまったことが申し訳ない』。そう言って彼は、わたくしに助けを求めてきたのです」

「――っ」

そこでようやく空洞淵はすべてを察した。

釈迦堂は言っていた。愛染のことを本当に尊敬している、と。

だからこそ彼は、愛染に先んじて獲得してしまった自身の悟入が許せなかったのか……。

「加えて釈迦堂様は、悟入に至ってしまったら、師匠の元から独立して教えを広めていかなければならない、と嘆いておりました。自分は師匠の元を離れたくない。生涯を賭して師匠の側に居たいとも――」

それほどまでに……敬愛していた。もはや空洞淵には想像することもできない複雑で高尚な感情だが……僅かに憧憬のようなものを抱いてしまう。

「釈迦堂様の話を聞き、わたくしは確かに彼が一つの〈悟りの境地〉に至っていることを確信いたしました。もちろん、それは禅宗における〈悟り〉の一部でしかないわけですが……普通は修行を始めて数年程度の少年に会得できるものではありません。あの愛染様でさえ、何十年も厳しい修行を続けた末にようやく辿《たど》り着いた境地なのです。そういう意味では、釈迦堂様はある種の天才と表現して差し支えないでしょう」

天才――天賦《てんぷ》の才。

凡人が必死に努力を重ねた上で辿り着いた境地に易々《やすやす》と至り、さらにその先まで突き進んでしまう存在。そういえば、愛染もまた子どもの頃の釈迦堂には、天賦の才があったと言っていた。

凡人である空洞淵からすれば羨《うらや》ましいばかりだが、天才には天才なりの悩みが色々あるらしい。

「釈迦堂様は本当に心底、愛染様を敬愛しておられました。それゆえに、師よりも早く〈悟入〉に至ってしまった釈迦堂様は悩み、心を痛めていた。だからこそ、彼の心を守るためにわたくしはこう助言いたしました。この先一生、〈悟り〉に至ることなく、愛染様の側であの方を支え続ける覚悟があるならば――その〈悟り〉をなかったことにしてしまえばよい、と」

「――――」

そして釈迦堂は、並みの修行僧では生涯を賭しても辿り着けない〈悟りの境地〉を捨て去り、さらにそれまでの自身の在り方まで書き換えてでも、愛染の側にいることを望んだのか。

何と言う、高度で繊細な心の機微。

釈迦堂悟という一人の男の生き様に、空洞淵は感服してしまう。

今になって、気になっていた事柄に一つの答えを見る。

それは――何故、視力の増強だったのか。

今際《いまわ》の際《きわ》に、再び〈悟り〉を啓《ひら》いた釈迦堂がまず行ったのは、視力の増強だった。

確かに彼が〈悟り〉を啓いたのは、月明かりさえ乏しい夜の山奥だったのだから、生き延びるために夜目が利《き》くように自身の能力を制御するのは、正しい判断だったと言えるけれども……。それでも最初に行うべきかというと些か疑問が残る。

たとえば、代謝を制御して一時的にでも体力を回復させるでもいいし、覚醒《かくせい》作用のあるホルモンを分泌させて活力を得るのでもいい。

彼の置かれた状況下において、為すべきことは色々考えられるはずなのに……それでもあえて、少し本筋を外れた視力の増強を行った。

何故だろうと疑問だったが……何と言うことはない。

彼は〈悟り〉を啓く直前、自らの師のことを強く想った。

そして彼は――子どもの頃、師の眼となることを夢見ていた。

満足に世界を見通すことのできなかった幼子が、命の恩人である師匠のために、世界を見通す〈眼〉を望んだ。

そんな原風景のような祈りが、〈悟り〉の瞬間に結実した――。

それゆえに視力だった。いや、視力でなければならなかった。

きっと彼が人並みの視力に回復したのは、子どもの頃の〈悟り〉のときなのだろう。

だから二度目の〈悟り〉でも、忘却していたはずの祈りが再び発現した。

そう考えれば、驚くほど真っ直ぐに筋がとおる。

「――おそらく釈迦堂様は、そのときのこともまとめて忘却してしまっているのでしょう。望むままに自身の改変を行える彼ならば、造作もないことです。そして、過去に一度〈悟入〉していたからこそ、今回の騒動でも再び〈悟入〉に至ってしまった。一度目の〈悟入〉を忘却したあと、無意識のうちに〈悟入〉から逃げるように不真面目になり、ろくに修行もしない日々を送っていたのでしょうが……。そんな彼が、真面目に修行せざるを得ない状況になってしまったが故《ゆえ》に、一度手放したはずの〈悟入〉を再び手にしてしまった。しかし、当時の高尚な意思はすでに忘却しており、代わりに独立しなければならない、という思いばかりが肥大化したために、今回の騒動に繋がった」

突き詰めてしまえば、ただそれだけ。

釈迦堂は愛染のことを想い、愛染もまた釈迦堂のことを想っていた。

その決して交わることのない二つの想いのすれ違いが、色々な偶然が重なって騒動に発展した――。

これが仏の慈愛なのだろうか。

空洞淵には正直よくわからなかったけれども……二人が今これまでどおりに過ごせているのならば、厄介事に巻き込まれたことも別にいいか、という気持ちになる。

「愛染様に殴られた拍子に、また〈悟入〉の事実は『なかったこと』になったのでしょうが……それもまた彼が望んだ結末です。部外者である我々にできることは、すべてを手放した彼に残された、実に人間らしい怠惰な性格を愛してあげることだけですよ」

「……中々、難儀な師弟だね」

師が弟子を想い、弟子もまた師を想っているのに、決定的なところで互いの願いがすれ違ってしまっている。

天から与えられた己の才を擲《なげう》ってでも師に仕え支え続けることを願う弟子と、己《おの》が内に芽生えた理想を体現する異能を駆使してでも弟子を正しい道へ導こうとする師。

まるで矛と盾の逸話のように、答えの出ない堂々巡りだが……あの師弟は案外今のままでもいい気がする。

決定的にすれ違ってしまってはいても、そこには確かに互いを想い合う慈悲の心がある。そしてまさにそれは、仏教の教えそのものであるはずだから――。

空洞淵は釈迦堂の憎めない砕けた笑みを想起して、思わず苦笑を浮かべて肩を竦《すく》めた。

月下悟入幻想。

それは、生涯を賭して師に寄り添うことを誓った男の、ささやかな祈りの物語だった――。

薄命剣客の呪害

＊＊＊

——雪の降る閑《しず》かな夜のことだった。

底冷えするような寒さに目を覚ましたとき、布団《ふとん》の中に父の姿がなかった。

こんな寒い日は、いつも俺を温めるように抱き締めながら同じ布団で寝てくれているはずなのに。

用便にでも行っているのか。その割には、布団の温《ぬく》もりは寂しい。床を離れてしばらく経《た》っているようだ。

このところ父は、よく咳き込んでいた。あまり長く布団を離れて体を冷やしては悪化してしまうかもしれない。

妙な胸騒ぎがした。

居ても立ってもいられず、俺は布団を抜け出して小屋の外へ出る。

外に出た瞬間、突き刺すような寒さに迎えられた。穴だらけの掘っ立て小屋だが、一夜の宿としては十分すぎるほどありがたいものであったことを思い知らされる。旅路の途中にぽつんと建つあばら家を見掛けたときは正直不安だったが、今は一刻も早く布団の中へ戻りたい。

父の姿を探して周囲を見渡すが、土地勘がない上に分厚い雲に覆《おお》われた空からは月明かりも満足に届かず、途方に暮れる。

「ち……父上……？」

泣き出したくなるのを必死に堪《こら》えて、闇《やみ》に向かって声を掛ける。

そのとき、暗闇の奥からガサリと葉擦れの音が響く。

獣かもしれない、と躊躇《ちゅうちょ》するが、藁《わら》にも縋《すが》る思いで音のほうへ歩いて行く。

両手を前方に彷徨《さまよ》わせながら、ゆっくりと。裸足《はだし》の足裏が降り積もった雪を踏みしめる度に、冷たさが無数の針で突き刺さすような痛みに変わって襲い来る。

歯を食いしばってそれに耐えて、茂みの中に分け入っていく。

ふと一陣の風が吹き抜けた。身を切り裂くような冷気に一瞬目を閉じる。次に目を開いたとき――俺は茂みの先で、蹲《うずくま》った父の姿を見つけた。

いつしか分厚い雲間から微《かす》かな月明かりが射《さ》している。

「父上！」

白い息を吐きながら、見慣れた父の背中に駆け寄る。こんなに寒いところで何をやっているのか。早く布団に戻ろう、と声を掛けようとした瞬間、不審な臭《にお》いを感じて半ば本能で足を止めた。

何故《なぜ》足を止めたのか自分でもわからない。わからないが……無意識にそうしなければならないと思ってしまったのだから仕方がない。

こんなにも寒いところにいるはずなのに、頭の中は火が灯《とも》っているように熱い。

少しだけ冷静になって、俺は改めて臭いの正体を探る。

腥《なまぐさ》い、鉄の臭い。

それが命の臭いであることを、俺は知っていた。

全身を駆け巡った悪寒《おかん》が、今度は固まったように止まっていた足を動かす。

「父上！」

慌《あわ》てて駆け寄る。父は——血塗《ちまみ》れだった。

はだけた着物から覗《のぞ》く父の腹には、横一文字の傷があった。傷口からは大量の血と、湯気が溢《あふ》れていた。

右手には、抜き身の愛刀。

まさか……誰かに襲われたのか。

「父上！　しっかりしてください！」

俺は泣き叫んで父に縋りつく。あるいは、触れることさえも今の父にとっては苦痛でしかないという、そんな当たり前の考えすら思い浮かばない。

まるで眠るように目を閉じていた父は、俺の呼び掛けに答えるようにゆっくりと重たい瞼《まぶた》を開く。

「総十郎《そうじゅうろう》……」

俺の名を呼んだ直後、激しく咳《せ》き込み大量の血を吐く。

何が起きているのかもわからず、俺はますます泣き崩れる。

それから父は、震える手で俺の手を摑《つか》みながら、真《ま》っ直《す》ぐに俺を見つめて言った。

「……………呪《のろ》い」

I

秋の日はつるべ落とし——などという言葉があるけれども。

日の入りが早くなったことで、ようやく最近になり秋の訪れを身近に感じられるようになってきた。

それほどまでに今年の夏は、残暑がずるずると長く続いていた。暦の上ではもう九月になっているにもかかわらず、まだ汗ばむほどの日々が続き辟易《へきえき》していたこともあって、実感できる秋の予兆にはさしもの空洞淵霧瑚《うろぶちきりこ》も自然と胸が躍る。

昨日今日と、過ごしやすい気候も続いている。きっとこのますり替わるように秋になり、そしてそれもすぐに終わってまた厳しい冬がやって来るのだろう。

空洞淵は、移ろいゆく季節の狭間《はざま》、この極めて限られた刹那《せつな》の一時《ひととき》を愛していた。

それは緩やかな変化の過程で垣間見える、ある種の幻想に近い。

本来は存在しないはずのものが、時の流れの間隙《かんげき》で瞬間的に一際《ひときわ》輝く——。

たぶん、人生も同じなのだと思う。

人はその生涯の中、時の流れに身を任せて絶えず変化していく。

子どもから大人へ。

そんな不可逆の変化の狭間に、青春という幻想は存在する。

大人がとうに失ってしまった、刹那の輝き。

三十を目前に控えた空洞淵には眩《まぶ》しすぎて、憧憬《しょうけい》にも近い感情を抱いてしまう。

果たして自分にも、そんな時期があったのだろうか——。

山の向こうへ沈み行く緋色《ひいろ》の太陽に目を細め、感傷的な心持ちに浸る。

それからすぐに閉店作業の途中であったことを思い出し、店先の掃き掃除を再開したところで緋に濡《ぬ》れた足下に長い影が射した。

顔を上げる。

わずか数歩ほど離れた先に人が立っていた。

まだあどけなさを残した顔立ち。少年と呼んで差し支えない年頃だろう。濃紺の小《こ》袖《そで》に黒の袴《はかま》。腰には一振りの日本刀を帯びている。

一目見て、この辺りの住人ではないとわかる。

天下泰平の〈幽世《かくりよ》〉、おまけにここは〈国生みの賢者〉のお膝元《ひざもと》たる極楽街だ。武力の象徴たる刀を帯びて往来を歩く理由などないし、そんなことをしてはかえって他の住民に怖がられてしまう。無用な諍《いさか》いを避ける意味でも、帯刀する者はいない。

ただ一人、〈破鬼の巫女《みこ》〉という例外を除いて。

そんな中でこれ見よがしに日本刀を帯びているものだから、一瞬危険な人かな、とも思ったが目の前の少年からは剣呑《けんのん》な気配は感じられず、むしろその佇《たたず》まいは年相応の素直さと真面目《まじめ》さを醸《かも》し出している。

空洞淵はすぐに警戒を解いて声を掛ける。

「どうかしましたか？」

少年は礼儀正しく姿勢を伸ばし、柔和な口調で言った。

「――こんにちは、突然の来訪を失礼します。拙者は物部《もののべ》総十郎という旅の剣客です。こちらに高名な薬師《くすし》の先生がいらっしゃると伺って参ったのですが」

「高名かどうかはわからないけど……。一応僕がこの薬処の店主代理をしている空洞淵霧瑚です」

「おお、やはりそうでしたか！」

嬉《うれ》しそうに表情を明るくして言葉を続けようとした矢先、少年――総十郎は口に手ぬぐいを当てて激しく咳き込んだ。

湿った咳――明らかに何らかの疾病《しっぺい》に伴う咳嗽《がいそう》だ。

しばし発作のように咳き込んだ後、失礼しました、と口元から手ぬぐいを外す。ちらと鮮血のような朱《あか》い染みが覗く。

「実は空洞淵先生の薬をいただきたくて参ったのですが……本日は店仕舞いのようですね。また後日伺いますので、改めて薬を頂戴《ちょうだい》できれば――」

「大丈夫ですよ。中へどうぞ」

空洞淵は竹箒《たけぼうき》を外壁に立て掛けて、総十郎を伽藍堂《がらんどう》の中へ誘う。

「……よろしいのですか？」

「お気になさらず。具合が優れないのでしょう？　早く診たほうがいいです」

再び中へ促すと、総十郎は申し訳なさそうにそろそろと店内へ足を踏み入れた。日が落ちつつあるため、中は薄暗い。暗くなるまえに弟子の楜《くるみ》は帰してしまったので、店の中はいつもより一層暗く感じられた。行灯《あんどん》に火を灯すと、暖色の温かな光で満たされる。

片付けてしまった座布団を出して総十郎を座らせ、改めて正面から総十郎を見る。

一言で言うならば、目の覚めるような美少年だ。柔和で整った顔立ち。色白で線が細く、女性的な印象が強いが、やや濃い眉《まゆ》が剣客らしく意志の強さを滲《にじ》ませている。

小袖から覗く腕も如何《いか》にも痩《や》せぎすで、言い方は悪いかもしれないが、お世辞にも強そうには見えない。

総十郎は、物珍しげに店内を眺め回してから、躊躇《ためら》いがちに口を開く。

「実はその……肺臓を患《わずら》っておりまして、たまに咳が止まらなくなるのです。このままでは、剣に集中できませぬゆえ、何かよき薬があればいただきたいのですが」

「咳というのは、先ほどのような湿った激しい咳ですか？」

「はい。酷《ひど》いときには呼吸もままなりません」

「もしかして、たまに血も混じりますか？　泡立つような鮮やかな血が」

「……お見通しですか」

総十郎は懐《ふところ》から先ほどの手ぬぐいを取り出して広げる。そこにはいくつもの赤黒い染みができており、一点つい先ほどできたと思《おぼ》しき鮮血の跡が残されていた。

所謂《いわゆる》、喀血《かっけつ》だ。

人が口から血を吐く表現には、喀血と吐血の二種類があるが、前者は呼吸器からの出血で、後者は消化管からの出血という具合に分けられている。

呼吸器からの出血——つまり、気管や肺からの出血の場合、咳を伴い、また出血は鮮やかで泡が混じることが多い。もちろん例外はあるので、一概に断言はできないけれども、基本的にその点さえ押さえておけば鑑別はそれほど難しくない。

喀血の原因も重いものから軽いものまで様々だが、咳が酷いようであれば咳のしすぎで肺や気管支が傷ついてしまっている可能性が高そうだ。

それよりも気になることは、喀血するほど激しい咳を伴う何らかの疾患のほうだ。喘息《ぜんそく》の類《たぐい》ならばまだましで、百日咳や結核などの厄介な感染症ということも十分に考えられる。

抗生物質などの近代医療が存在しない〈幽世〉で、重篤な感染症が拡大するのは大変拙《まず》いので慎重に対応する必要があるが……ただ、日本の歴史上で猛威を振るった重篤な感染症は大体、海外――つまり日本国外から持ち込まれたものである。〈幽世〉はそもそも世界から隔絶されているため、それほど重篤な感染症を警戒しなくともよいのかもしれないが……用心するに越したことはない。慎重に聞き取りを行っていく必要がある。

「咳はいつ頃から出始めたのですか？」

「……半年ほどまえになります」

どこか奥歯にものが挟まったような物言い。何か事情がありそうだ。

「ひょっとして、原因に心当たりがあるのですか？」

気まずげに口を一文字にして黙り込む総十郎だったが、すぐに諦《あきら》めたように小さくため息を吐《つ》いた。

「実は……これは〈呪い〉なのです」

「呪い？」

急に不穏当な言葉が飛び出して来て空洞淵は面食らった。

「簡単にお話ししますが……。物部の家は代々剣客の家系で、父も流浪《るろう》の剣客として修業をしながら、ときおり世の揉《も》め事《ごと》に首を突っ込んではささやかな路銀をいただいて生計を立てておりました。ところが父は……あるとき、旅の剣客に襲われて命を落としました。それから拙者は、父の残したこの刀を提《さ》げ、父と同じように流浪の剣客として旅に出ることにしたのです。父の仇《かたき》を取るために」

自身の右脇《わき》に、刃を内側に向けて置いた愛刀の鞘《さや》を細い指でそっと撫《な》でる。

優しげだった総十郎の目に、微かな復讐《ふくしゅう》の光が揺らいだ気がした。

「父から剣術の手ほどきを受けていたものの、恥ずかしながらまだ未熟の身。何度も命を落としかけながらも、どうにか修業の旅を続けていたのですが……半年前、ついに父の仇の剣客と巡り会いました」

総十郎の語りは、徐々に熱を帯びていく。

「相手は得体の知れぬ男でした。何かの幻術を使っていたのか、靄《もや》が掛かっているようで顔もわかりませぬ。拙者は寝込みを襲われ、半ば朦朧《もうろう》とした意識の中、ほとんど本能だけで応戦いたしましたが……力及ばず、斬《き》り伏せられてしまいました」

「斬り伏せられたって……よく生きてましたね」

率直な感想を述べると、総十郎は困ったように首を傾《かし》げた。

「そう、ですね。拙者もあのときは死を覚悟したのですが……。意識を取り戻したとき、身体《からだ》には傷一つなく、代わりにこの〈呪い〉が」

ゴホゴホと、そこで再び咳き込む。あまり長い説明は身体に負担を掛けてしまうかもしれない。空洞淵は、頭の中で話をまとめながら重要なことだけを尋ねる。

「――とにかくその男と戦ってから咳が出るようになったのですね。その前後、あなたの周りで同じように激しい咳をしている人を見たことはありませんか？」

これは、咳の正体が何らかの感染症であるかどうかの確認だ。

呪いを受けたと思ったのは、たまたま時期が重なっただけで、それ以前に咳嗽を主訴とする何らかの感染症――つまり百日咳や結核に罹患《りかん》した可能性がある。

しかし、総十郎はどうにか咳を鎮《しず》めてから小さく首を振った。

「いえ、少なくともここ一年ほどは、拙者ほどの激しい咳をしている者を見掛けておりませぬ。軽く咳き込むくらいの方であれば何度か見掛けておりますが」

断言はできないが、それが事実なのであれば感染症の可能性は低そうだ。もちろん、症状が出ていなければばうつらない、というわけではないけれども、確率的には幾分下がるのは間違いない。

できれば、喀痰《かったん》検査でもして確定させたいところだが、〈幽世〉ではそれも望めない。もしかしたら、知り合いの錬金術師の家にならば顕微鏡くらいあるかもしれないが……重篤な感染症である可能性が否定できない以上、巻き込むのも憚《はばか》られる。そもそも彼女も空洞淵も微生物学は専門外なので、いずれにせよ顕微鏡を覗いたところで確定診断はできまい、と思いついた考えを早々に棄却した。

今、本人から聞けることはこのくらいか、と空洞淵は頭を切り替える。

「――わかりました。ひとまず診察《さく》してみましょう」

脈診から入る。脈は浮にして数。ただし力のない脈で少しの重按《じゅうあん》で消えてしまう。かなり気が落ちているようだ。肌の表面は潤《うるお》いがなく、やや熱っぽくもある。何らかの炎症反応が起きていることは間違いないが、現時点では判断できない。

喉《のど》のあたりも触れてみるが、やや腫《は》れっぽくはあるもののリンパ節に異状は見られない。やはり気管か肺の炎症だろう。一見すると軽めの肺炎のようだが……それにしては咳が激しすぎるような気もする。正直見立てが難しい。

口を開けてもらうと、確かに喉は充血しているがそれが原因で出血しているわけではなさそうだ。舌はやや白いくらい。脈の感じからしても柴胡《さいこ》の証《しょう》ではないだろう。

続けて腹診。胸脇《きょうきょう》、心下ともに軟弱で力がない。年頃の少年にしてはやはり筋肉が少なくかなり痩せている。如何にも病弱な美少年、という印象で栄養状態も心配だ。

「時間帯によって、咳が出やすいときがありますか？」

「そう、ですね。夜間が比較的多いかもしれません」

「咳以外の症状は何かありますか?」

「痰がよく出ることくらいですが……あと身体が重たいことですね。力が出ません」

「食欲はどうです?」

「正直、あまり。しかし、食べねば剣が振れませぬゆえ、握り飯などを無理矢理食べております」

質問を繰り返しながら、処方を絞っていく。

空洞淵が利用している漢方の聖典『傷寒雑病論《しょうかんざつびょうろん》』の中には、とりわけ咳に関する処方がたくさん登場する。症状別で分類した場合、一番多いのではないかというほどだ。

もちろんそのすべてで〈証〉が微妙に異なるので、慎重に判断を下さなければならない。

漢方は、その原因が呪いであれ疾病であれ、ただ〈証〉でいく。つまり上手《うま》く見極められれば、ある程度症状を和らげることができると思われる。

空洞淵はいくつかの処方を頭に思い浮かべて、現状最適と思われるものを一つ決める。

咳逆上気時時唾濁但坐不得眠皁莢丸主之

『金匱要略《きんきようりやく》』の『肺痿肺癰欬嗽上氣病脉證治』に記述のある処方だ。

こちらの項目では、肺にまつわる病を治療するための処方がまとめられているが、この処方はその中でも特に、込み上げるような激しい咳を抑えるためのものだ。咳が激しすぎて横になることもできないというのだから相当だろう。とりわけ夜間に咳が激しくなる傾向にあるので、総十郎の症状にはぴたりと当てはまる。

ただ、この皁莢丸《そうきようがん》という処方、作り方が非常に特殊な上、あまり日持ちもしないため多く作り置きができないという厄介な特性を抱えている。

今回在庫があったのも、数日まえにたまたま少し作っておいたからだ。もしこれが効くようであれば、また新たに作り足さなければならないだろう。

ともあれ――試してみなければ何も始まらない。

「――わかりました。すぐに薬を用意しますから、少し楽にしていてください」

「その……本当によろしいのですか？　これ以上ご迷惑をお掛けするわけには……」

申し訳なさそうに総十郎は問う。空洞淵は安心させるため穏やかに告げる。

「どうかお気になさらず。僕の仕事は薬を作って売ることではなく、患者さんを少しでも楽にすることですから。それに、旅の身で煎《せん》じ薬は大変でしょう。宿の厨房《ちゅうぼう》を借りるわけにもいかないでしょうし」

空洞淵は調剤場に移って早速調剤に移る。調剤と言っても、今回必要なのは大棗《たいそう》だけだ。皁莢丸自体は、丸剤として事前に作ってある。ただし、それを服用するためには、大棗の濃い煎液が必要なのだ。一口分の煎液の中に一丸の皁莢丸を入れて和し、それを一気に服用するのが正式なこの処方の飲み方になる。

手早く生薬を計り取り、煎じの工程に入る。煎じ上がるまでは少し時間が掛かるので、雑談のつもりで空洞淵は話しかける。

「喋《しゃべ》ると息苦しかったりしますか？」

「いえ、激しく動かなければ基本的には問題ありません。ただ、じっとしていても時折発作のように咳が出てしまうので、それだけはご容赦ください」

年の割には随分と落ち着いた喋り方で感心してしまう。空洞淵が彼くらいの頃は、こんなにはきはきと大人と会話をできなかったはずだ。場慣れしているというか……まるで柳のような自然体だ。幼い頃に父を失って以来ずっと一人で生きて来たので、精神的な成熟が人よりも早いのかもしれない。空洞淵は座布団に座り直す。

「咳が落ち着いたら、また極楽街を立つんですか？」

「いえ、しばらくはこちらに留まりたいと考えております」総十郎は背筋を伸ばして答えた。「実は極楽街へやって来たのは、先生のお薬をいただくこと以外に、もう一つ目的があるのです」

「目的？」

「はい。風の噂《うわさ》で聞いたのですが、この街には〈幽世〉で随一とも称賛される素晴らしい剣豪がおられるそうですね。可能であればそのお方に、しばし剣の指南を賜《たま》わりたく思っております」

「……なるほど」

そういう事情か、と複雑な思いで空洞淵は相づちを打つ。

極楽街に住む〈幽世〉随一の剣豪——それはもう十中八九間違いなく、御巫《みかなぎ》神社の〈破鬼の巫女〉、御巫綺《き》翠《すい》のことだろう。そもそも街には彼女以外に剣士がいないのだから、消去法で確定だ。

ただ綺翠に剣の指南を頼んだとして、果たして受け入れてもらえるだろうか。御巫神社の巫女としてそれなりに人当たりのいい外向けの人格は有しているものの、本質的に彼女は孤独を好むし、人付き合いも得意なほうではない。

しかしながら、それと同時に大変なお人好《ひとよ》しでもあるので、懇願《こんがん》すれば引き受けてもらえそうな気がしないでもない。

いずれにせよ、ある程度咳が治まってからでなければ剣の稽古など難しいだろう、と思ったところで、根本的なことに思い至る。

そもそも、咳が何らかの呪いなのであれば、綺翠に祓《はら》ってもらえばよいのではないか。

どうしてこんな簡単なことに気づかなかったのだろう。

「おそらくその剣豪は、僕の知り合いです」

「そうなのですか！　それは僥倖《ぎょうこう》！」嬉しそうに身を乗り出して、しかしすぐにまた咳き込んでしまう。「……失礼しました。しかし、さすがは先生。お顔が広いですね」

「顔が広いのは僕ではなく先方のほうです」空洞淵は苦笑した。「その剣豪は、御巫神社の巫女ですよ」

「巫女様……？」きょとんとする総十郎。「では……その剣豪は女性なのですか？」

「巫女ですからね、女性です。それも妙齢で細身の、藤《ふじ》の花のように可憐《かれん》な女性です」

「なんと面妖《めんよう》な……」感心したように呟《つぶや》く。「世界は広いですね。そのようなたおやめが〈幽世〉随一の剣豪とは……。是非ともその剣の極意をお教え願えないでしょうか！」

「それは本人に直接願い出てください。僕にできるのは紹介するところまでです。あと彼女は祓い屋でもありますから、もしかしたらあなたの呪いも祓えるかもしれません」

「なんとそのようなことまで！　是非ともご紹介のほどをお願いいたします！」

興奮した様子でそう言ってから、急に我に返ったように総十郎は居住まいを正した。

「しかし……本当によろしいのですか？　拙者といたしましては、大変ありがたく思うのですが……。つい今し方会ったばかりだというのに、これほどまでに親切にしていただけるなんて……正直もう恩返しがしきれないほどです」

深刻な調子の総十郎に、空洞淵は気安げに微笑《ほほえ》み掛ける。

「それこそお気になさらず。僕自身、右も左もわからないままこの街に辿《たど》り着いたとき、たくさんの人に手を差し伸べてもらったんです。そのときの恩を、こうしてあなたに返しているだけですよ。だからあなたが必要以上に恩を感じることはありませんし、もしそれでも気になるようであれば、同じように困っている他の人に手を差し伸べて恩を返してあげてください」

「それは……実に素晴らしいお心掛けですね……！」

尊敬の眼差《まなざ》しを向けられるが、空洞淵としてはそんなに大したことをしている自覚もないため、多少の居心地悪さを感じてしまう。

「ならばお言葉に甘えさせていただきたく思います。このご恩は、次の機会に」

「そうですか、それはよかった」

呪いを祓うだけならば綺翠でなくてもよかったのかもしれないが、元々綺翠に用があったのであれば一度で済むに越したことはないだろう。

そうこうするうちに、煎液《せんえき》が大分煮詰まってきた。これくらいで十分だろうと思い、火からおろして、猪口《ちょこ》に煎液――大棗の煮汁を少し移す。その中に、黒い丸剤を一粒落として総十郎に差し出す。

「中の丸剤ごと、一気に飲んでください」

「わ、わかりました」

緊張した面持ちで猪口に口を付けると、言われるまま一気に呷《あお》る。

「思いのほか甘くて飲みやすいですね」

意外そうに言う総十郎。しかし、すぐに何とも言えない顔をした。

「……何やら胃の腑《ふ》が燃えるように熱くなってきました」

どうやらちゃんと飲めたようだ。この丸剤は刺激が強すぎるので、大棗の煮汁で喉や胃を保護しなければ大変なことになる。胃が熱くなってきたならば、無事胃まで届いたということ。あとは、咳が治まるのを祈るばかりだ。

これで総十郎を綺翠に紹介できれば、すべての目的は果たされるはず。さすがに今回ばかりは、大きな問題には発展しないだろうと高をくくる空洞淵だったが……。

結論から言ってしまえば、その淡い期待は当然のように裏切られることになる。

2

出来たての煎じ薬を飲み、その微妙な飲み心地に顔をしかめる総十郎を引き連れて空洞淵は御巫神社へ帰る。道中、若輩者ゆえ敬語をお使いいただくには及びませぬ、と申し出があったため、それ以降は普通の年下の少年として接することにした。

母屋《おもや》の前で、少しだけ待っててね、と総十郎を待たせ、空洞淵は先に一人で中に入る。さすがに居候《いそうろう》の身で、いきなり通りすがりの旅人を家主の許可もなく家に上げることはできない。

その確認のために居間に顔を出すと――綺翠は、卓袱台《ちゃぶだい》の前で裁縫をしているところだった。

「お帰りなさい、空洞淵くん」

俯《うつむ》いた顔を上げて、綺翠は柔和に微笑んだ。黒絹の髪がさらりと肩口に落ちる。白衣に緋袴といつもの巫女装束を着用しているところから、まだ風呂《ふろ》には入っていないことが窺《うかが》えた。

ただいま、と告げて空洞淵は綺翠のすぐ隣に腰を下ろした。珍しい行動だったためか、綺翠は裁縫の手を止めて首を傾げた。

「どうしたの？　何かお話？」

「ああ……うん」

どう切り出せばよいのか考えてしまうが、結局端的に事情を説明することにする。

「実は今日うちに〈呪い〉を掛けられたっていう患者さんが来て……もしかしたら綺翠なら祓えるんじゃないかと思ってそのまま連れてきちゃったんだ」

「……連れてきた？」

声に驚きの色が混ざる。予想外の言葉に戸惑っているのだろう。申し訳なく思いながら、空洞淵はうん、と頷《うなず》いた。

「今は母屋の前で待ってもらってるんだけど……。もしよかったら少し会ってもらえないかな」

「――そう」綺翠は珍しく困った様子で小さく息を吐いた。「放っておくわけにもいかないし、とりあえず見てみましょうか」

傍らに置かれていた白鞘の小太刀を持って立ち上がる綺翠。空洞淵もその後を追う。

「その……ごめんね。仕事終わりに面倒事を持ってきて」

「いいえ、それは別に構わないのだけれども……」廊下を歩きながら綺翠はどこかばつが悪そうに続ける。「ただ、もしかしたら空洞淵くんの期待には応《こた》えられないかもって」

「どういうこと？」

「呪いは私の専門ではないから」

意外な言葉に空洞淵は戸惑う。その手の事情にあまり詳しくない空洞淵からすれば、呪いは神社でお祓いをしてもらうことで解けるものと思っていたのだけれども……。

そんな疑問に答えるまえに、綺翠は玄関戸を開け放った。

玄関先に立っていた総十郎は、現れた綺翠を一目見た瞬間、猫のように目を丸くして固まった。思いも寄らない反応に、綺翠は首を傾げる。

「どうかしたの？　それともそういう〈呪い〉なの？」

「――いえ、失礼しました」すぐに硬直を解いて、総十郎は自然体で告げる。「拙者は、物部総十郎という旅の剣客です。実は空洞淵先生から、巫女様は可憐な女性と伺っていたのですが、想像以上の美しさに言葉を失ってしまいました」

あら、と物珍しげに声を上げる綺翠。

「まだ若そうなのに随分と口が上手いのね。あなたいくつ？」

「十六になります」

「その歳《とし》でその落ち着きよう……あなたはきっといい剣客になるわ」

一目で総十郎の才覚を見抜き、綺翠は改めて告げる。

「私は御巫綺翠。この神社の巫女をやっているわ。よろしくね」

どうやら第一印象は悪くないようだ。空洞淵は早速本題に入る。

「何でも、謎《なぞ》の剣客に斬られて、肺に〈呪い〉を受けたらしいんだけど……どうにかならないかな？」

「そうね……」

口元に手を添えて上から下まで総十郎の様子を窺う。しかし、すぐに諦めたように小さく首を振った。

「――申し訳ないけど、私では力になれないかしら」

「そう……ですか」

当てが外れたように肩を落とす総十郎。ごめんなさい、と綺翠は労《いたわ》るように続ける。

「あなた、晩ごはんは？」

「……へ？　いえ、拙者は、まだ」

「ならうちで食べていきなさい。少し話したいこともあるし」

それだけ言うと、綺翠はさっさと一人で母屋の中へ戻って行ってしまった。おそらく料理番をしている妹の穂澄《ほずみ》に伝えに行ったのだろう。

総十郎は驚いたような申し訳ないような顔で、空洞淵の顔を見上げる。

「家主もああ言ってることだし、ここはお言葉に甘えようか。食欲はないかもしれないけど、それでも栄養を取らないと元気にならないからね」

「あの、ご迷惑ではないのですか……？　まさか先生だけでなく、巫女様にもご厚意をいただけるとは思っておらず、拙者、気が引けております」

「気にしなくていいって。それに穂澄の料理は絶品だから、この機を逃したらきっと後悔するよ」

「ほずみ？」

「綺翠の妹だよ。総十郎さんと同じくらいの歳かな。すごい料理上手で街でも有名なんだよ」

「そう、なのですか」相変わらず困惑を見せる総十郎だったが、すぐに苦笑を浮かべた。「では、せっかくのご厚意を無下にするわけにも参りませんから、甘えさせていただきます」

「うん、それがいいよ」

空洞淵は一旦《いったん》総十郎を連れて母屋へ上がりそのまま厨房へ向かう。いずれにせよ、総十郎を紹介する必要があるし、急な来客を連れ帰ったことも謝らなければならない。

厨房へ顔を出すと、すでに話は通っているようで妹巫女の穂澄は忙しそうに食事の支度をしていた。

ただいま、と声を掛けると穂澄は作業の手を止めて振り返った。

「あ、お兄ちゃんお帰りなさい」いつもの巫女装束に、お気に入りのフリル付きエプロンドレスを着けた穂澄は朗らかに言う。「ごはんもうちょっと時間掛かるんだ、ごめんね」

「いや、むしろ急に無理を言ってごめんね。食材が足りないようなら、僕の分を分けてあげて」

「ううん、大丈夫！　今日はお鍋《なべ》だったから、少し具材を足すだけで大丈夫だよー」

笑顔で答えてから、空洞淵の後方から様子を窺っていた総十郎に気づく。

「あ、初めまして！　御巫穂澄です！　ゆっくりしていってね！」

総十郎は、すっと穂澄の前へ歩み出て微笑み掛ける。

「ご丁寧にありがとうございます。拙者は物部総十郎と申します。急な来訪にもかかわらずご歓待を賜りまして、厚く御礼申し上げます。温かい食事は久方ぶりなので、とても楽しみです」

「そうなんだ！　桜鍋だからたくさん食べてね！」年の近い子が来たためか穂澄は嬉しそうだ。「総十郎くんだよね。総くんって呼んでもいい？」

「もちろんです。よろしくお願いします、穂澄さん」

「歳も近いし仲よくしてね！」

あまりにも気軽な様子で、きゅっと総十郎の手を両手で握ってから、いけない！と吹き零《こぼ》れそうになった鍋の前へ戻る穂澄。首だけで振り返って続ける。

「あ、せっかくだしごはんのまえにお風呂も入っていきなよ！　お兄ちゃん、案内してあげてくれる？」

任せて、と答えて空洞淵は総十郎を伴い、早々に厨房を離れた。

廊下を歩きながら、総十郎はまた慌てた様子で声を上擦らせる。

「せ、先生！　さすがに湯浴《ゆあ》みまでお世話になるわけには……」

「まあまあ。こういうのは、甘えられるときに甘えておいたほうがいいよ。風呂だってしばらく入ってないだろう？」

「それは……そうですが」

「神社で食事を摂《と》るなら、ちゃんと身を清めないと。それに清潔な身を保つことは健康の第一だ。今、健康を損なって一番苦労しているきみなら、身をもって実感しているんじゃないかな」

理詰めで説くと、遠慮がちな総十郎も反論できない様子で黙り込む。そのまま無言で廊下を進むが、そこでふっと気づく。

「そういえば、総十郎さん。咳の具合はどう？」

不意を突かれたように目を丸くし、続けて、おや？　と首を傾げた。

「……全く意識していませんでしたが、ぴたりと止《や》んでいますね。すごい！　これが先生の薬のお力ですか！」

「効いてるなら何よりだけど、あくまで対症療法――つまり、薬の力で咳を鎮めてるだけだから、無理はしないようにね」

嬉しそうに身を乗り出してくる総十郎を窘《たしな》めるように空洞淵は言う。しかし、すぐに少年は不安そうな面持ちで言った。

「ですが……新たに一つだけ、無視できない身体の不調が出てきました」

「え？　本当？」そのような素振りは見せていなかったので空洞淵は驚く。「副作用かな……大丈夫？　どこが調子悪いの？」

「その、心の臓が」どこか苦しげに、総十郎は左胸に手を押し当てる。「先ほど、穂澄さんに触れられてから……動悸《どうき》が止まず、息苦しいのです」

「おっと……」

意表をつかれた空洞淵は、妙な相づちを打ってしまう。

総十郎に処方した皁莢丸には、麻黄のように所謂交感神経に興奮作用をもたらす成分は含まれていない。

にもかかわらず、穂澄に触れられてから動悸がするのであればそれは明らかに別の要因だ。

空洞淵はそれについて告げようと思ったが……すんでのところで、

「……まあ、大きな害はないはずだし、少し様子見にしておこうか」

とだけ言ってお茶を濁した。

流石《さすが》の空洞淵も、年頃の少年に「それは恋では？」などと配慮に欠けた発言をするほど無神経ではないのである。

落ち着いた印象の総十郎だったが、しっかり年相応なところもあるようで空洞淵は何だか少しだけ嬉しくなった。

3

美味《おい》しい桜鍋に舌鼓《したつづみ》を打ち、心も身体も満たされたあと。

食後の酒を傾けながら、綺翠は空洞淵と総十郎に滔々《とうとう》と語り始めた。

「呪い——つまり呪術《じゅじゅつ》というものは、確かに神道《しんとう》に端を発するものなのだけど、人間社会の発展に伴い独自に進化を遂げていったものなの」

「祝詞《のりと》、というものがあるでしょう？　あれは神様に言葉を奏上することで、神様の力を借り受けるのだけれども……起源としては、呪いも同じものなのよね。何らかの言葉、何らかの行為により、超常の存在の力を借り受け、行使する——。違いといえば、呪術の場合、概《おおむ》ねそれが他者を害することに利用されるということくらいかしら。今の総十郎くんのように」

正座をして、真剣な表情で話を聞いていた総十郎は小さく頷く。一番風呂にも入り、空洞淵の浴衣《ゆかた》を着てとてもこざっぱりとしている。

ちなみに穂澄の料理は彼の口に大変合ったようで、食欲がない、という前言を翻《ひるがえ》す健啖《けんたん》ぶりを発揮した。それはまさに食べ盛りの少年の食欲そのもので、傍で見ていて気持ちがいいほどだった。十分な栄養摂取は健康のために必須《ひっす》なので、総十郎がたくさん食べられたことが空洞淵も嬉しかった。

「私の専門は、いわゆる古神道だから呪術の類にはあまり詳しくないの。それが感染怪異なのであれば、どうにでもなるのだけれども違うみたいだし。呪術の専門家といえば……陰陽師《おんみようじ》とかになるのかしら。できればそちらを訪ねてもらいたいところだけれども……生憎《あいにく》と身近な知り合いに陰陽師はいないので紹介もできないの。ごめんなさい」

総十郎の身体を労るように、綺翠は言った。

陰陽師——空洞淵の脳裏には、一人だけ心当たりが思い浮かぶが、旅人である彼が今どこにいるかなどわからなかったので、空洞淵もまた力になれそうにない。

そうですか、と残念そうに呟く総十郎だったが、すぐに気を取り直したように続ける。

「……いえ、元よりこの呪いは、仇討《あだう》ちによって解くと父の墓前に誓ったのです。ご心配には及びませぬ。それより——」

総十郎は座っていた座布団を横へずらしてから、畳の上に手を突いて頭を下げた。

「温かい食事に湯浴みまでお世話になった上で、このようなことを申し上げるのは図々《ずうずう》しいことこの上ないと重々承知しているのですが……。巫女様、どうか拙者に剣の稽古《けいこ》をつけてはいただけないでしょうか」

綺翠は困ったような顔で酒が満たされた杯を呷り、頭を上げて、と言った。それから空洞淵を見る。

「そもそも総十郎くんは、肺を病んでいるのでしょう？ そんな状態で剣など振れるの？ むしろそれが原因でさらに体調が悪化してしまったりしないの？」

「うーん……何とも言えないかな」空洞淵は素直な所感を答える。「正直、総十郎さんの身体はかなり弱ってる。本来なら絶対安静にしないといけない状態だけど……」

「先生！ 拙者は動けます！」

空洞淵の否定的な所感を打ち消すように総十郎は叫び、すぐに軽く咳き込む。空洞淵は片手で総十郎を制して続ける。

「……安静にしてほしい、というのが薬師としての僕の意見ではあるけど、それと同時にこんなに弱っていてこんなに動けているというのは、正直驚異というほかない。たぶん、剣客としての強い意志と、仇討ちという復讐心がそうさせているのだと思うけど……。それなら様子を見ながら、総十郎さんのやりたいことをやらせてあげるのが一番いいような気もするんだ。過度な安静は、逆に急激に身体を弱らせてしまう恐れがある」

廃用《はいよう》症候群、という症状がある。

これはそれまで元気に暮らしていた人、特に高齢者がちょっとした入院で過度に安静にしたことによって、一気に身体能力が低下してしまう状態だ。もちろん状況によるが、ときに過度な安静は、適度な身体活動に劣ることもある。

気力を奮い立たせて生きている人は、とりわけ注意が必要になる。

空洞淵の意外な加勢に目を輝かせながら、総十郎は期待に満ちた顔を綺翠へ向ける。

綺翠はまた困ったように口を曲げて、しばし目の前の仔犬《こいぬ》のような少年を見つめるが、やがて根負けしたようにため息を吐いた。

「……わかったわ。どの程度役に立てるかわからないけど、稽古はつけてあげる」

「ありがとうございます！」総十郎はまた頭を下げる。

「ただし、条件があるわ」

「何なりとお申し付けください！」

「空洞淵くんが、これ以上の稽古は危険だと判断したらすぐに止めること」

「もちろんです！」

嬉しそうに尊敬の眼差しを向ける総十郎。もうすっかり綺翠に畏敬《いけい》の念を抱いているようだ。

「それからもう一つ。稽古をつけるまえに、あなたの言う〈仇討ち〉にどの程度の正当性があるか判断させて」

綺翠の指摘で、空洞淵は肝心なところを確認していなかったことに気づく。総十郎の誠実で温和な人柄もあり、全面的に彼の主張を受け入れてしまっていたが、逆恨み、とまではいかないにせよ、何らかの誤解によって仇討ちを望んでしまっている可能性は十分にある。

ちょうど今は、穂澄が風呂に入っているので、彼の事情を聞くならばいい時機だろう。

わかりました、と総十郎は覚悟を決めたように背筋を伸ばして語り始める。

「――物部家は、〈幽世〉創世から続く剣客の家系です。元の世界では、主君のために命を懸けて戦うことを生業《なりわい》としていたようですが、戦の起こらぬこの世界では、新たな主君を見つけることも叶《かな》いません。そこで、流浪の剣客として旅を続けながらその腕を磨き、ときおり巡り会う人の願いを聞き、怪異の諍いに武力を以《もっ》て介入する、ある種の傭兵《ようへい》として生きていくことにしたと聞き及びます」

総十郎は声変わりの途中の、やや中性的な声で神妙に語る。

「その後、どのような変遷《へんせん》があったのかまではわかりませんが、拙者の知る限り父もまた同じように生きておりました。母は、拙者を産みすぐに息を引き取ったと聞いております。そのため父は、まだ言葉もわからぬ幼子であった拙者を連れて旅に出ておりました。拙者は父と共に旅を続けながら、剣術だけでなく、生きる術《すべ》も学びました」

幼い子を連れての旅は、想像を絶するほど過酷なものだったに違いない。ただそれでも、父を語る総十郎の顔が優しげであるのは、きっと彼にとって掛け替えのない思い出であるためだろう。

しかしすぐに総十郎の表情は暗くなった。

「……あれは拙者が十二になってまもなくの頃になります。ある夜、ふと目を覚ますと寝床に父の姿がありませんでした。用足しにでも出ているのかと思い、そのまま寝直そうとしたのですが……虫の知らせと言いますか、妙に気になったので、拙者は外へ出て父の姿を捜しました。すると父が、木陰で倒れているのを見つけたのです。慌てて助け起こすと……父の腹には、横一文字の深い刀傷が……！」

腿《もも》の上に置いた手を、総十郎は強く握る。

「父は……息も絶え絶えに〈呪い〉とだけ口にしました。ちょうどその頃、父は風邪気味で少し咳をしていたのですが……。それから血を吐くほどの激しい咳に変わり……三日を待たずに亡《な》くなりました。あまりにも急なことで、拙者はどうすればいいかもわかりませんでしたが……結局父の言う〈呪い〉が、現実にあると受け入れざるを得ませんでした」

苦しみに耐えるように声を震わせながら、少年の吐露は続く。

「……腹の傷と〈呪い〉に苦しみながらも、父は拙者の将来を案じてくれました。『刀を捨てろ』と……何度も。きっと父は、拙者に剣の道ではなく、別の道を歩んでほしかったのだと思います。この平和な世の中で、剣に生きることはあまりにも過酷ですから……。しかし拙者は、父の死後、愛刀を譲り受けて剣客として生きる道を選びました。別の道を歩むことも考えましたが……せめて父の仇を取ってからでなければ、あまりにも父が報われませぬ……！」

確かに、実際この平和な世の中においては、剣客の需要などほぼ皆無に等しい。求道者として生きるならまだしも、ただの旅の剣客として生きていくことは今どきかなり厳しいだろう。

「それで拙者は……父の仇である、謎の呪いを振り撒《ま》く剣客を追うことにしたのです。何らかの妖《あやかし》の類かもしれませんが、とにかくその剣客に斬られると、肺臓を病むのです。父も拙者も、その剣客に襲われて呪いを受けました。この呪いを解くには、呪いの大元である謎の剣客を倒すしかありません」

総十郎の発言にどこか違和感を覚えるが、何が引っ掛かったのかは自分でもよくわからない。ちらと綺翠を窺うと、神妙な面持ちで頷いてくれたので、少なくとも呪いの大元を倒せば呪いが解ける、という部分に関しては問題がないようだ。

「旅の途中だったため、父の亡骸《なきがら》は山中に埋めるしかありませんでした……。拙者は、父の愛刀で仇を討ち、その後に父の墓へ凱旋《がいせん》し、改めて父を冷たい山奥ではなく、どこか温かな地へ葬ってやりたいのです。それだけが……今の拙者の生きる目的です」

「……なるほど。それで空洞淵くんの薬と、私の稽古に繋《つな》がるわけね」

総十郎の言葉に、ある程度の正当性を見出《みいだ》した様子で綺翠はため息を吐いた。

「でも、そもそもどうして、お父様の仇である謎の剣客と、あなたに〈呪《のろ》い〉を掛けた剣客が同一人物だとわかったの？　随分間が空いていたのでしょう？」

確かにそれは気になる。父親が襲われたのが十二歳の頃で、総十郎が襲われたのが半年前ならば、四年は経過していることになる。まして父親が襲われたとき、総十郎は剣客の姿も見ていないのだ。

「信じていただけないかも知れませんが……この刀が教えてくれたのです」

総十郎は脇に置かれていた自らの愛刀を取り、両手で綺翠に差し出した。

「拙者が襲われたとき、応戦するためこの刀を抜いたら……直感のようにこの剣客こそが父の仇であると悟ったのです。おそらく父の愛刀が、父の最期の意思を拙者に伝えてくれたのだと……そう思っております」

何とも抽象的な話だ。にわかには信じがたいが……あえてこの場で差し出しているということは、その考えを裏付けるような特徴でも持っているということなのだろうか。拵《こしら》えだけ見れば、極々一般的な日本刀だが……。不思議そうな顔で受け取った綺翠は、柄を握りそろりと鞘から刀身を抜いた。

「――まあ」

感心したような呆《あき》れたような、不思議な声を上げる綺翠。刀剣の類には明るくない空洞淵でも、すぐその意外性に気づく。

綺翠の手に握られた総十郎の愛刀には――刃が付いていなかった。

形状としては、あくまでも一般的な日本刀だ。峰があり鎬《しのぎ》があり切先もちゃんとあるが……刃付けだけが為されていない。所謂、模造刀に近い作りだが、粗悪な印象は皆無で、それどころか禍々《まがまが》しくさえ見える。

物珍しげに刀身を眺める綺翠と空洞淵。総十郎は誇らしげに語る。

「この刀は、『無刃刀《むじんとう》』と呼ばれる一振りで、物部家に代々伝わってきた家宝です。その名のとおり、刃のない刀でして、なまくらどころかそもそも何かを斬ることすらできません。しかし……何も斬れない代わり、この世ならざるモノを斬ることができると言い伝えられております」

この世ならざるモノを斬る――？

それではまるで、綺翠の愛刀『御巫影断《みかなぎかげたち》』のようではないか、と隣の巫女《みこ》を見やるが、空洞淵の視線には気づいていない様子で、綺翠は目を丸くする。

「――これ、影断《かげたち》の作じゃない。驚いた。この世界にまだ残っていたのね」

「影断？」と空洞淵。

「ええ。御巫神社の宝刀『御巫影断』を打った刀匠よ。影を断つ、というその名のとおり、この世ならざるモノを斬る妖刀《ようとう》の作刀者として有名だったみたい。その腕を見込んで綺淡《きたん》様――御巫神社初代巫女が、宝刀の作成を依頼したそうよ。そうして奉納されたのが『御巫影断』。つまり、この『無刃刀』と『御巫影断』は、兄弟刀ということになるわね」

なるほど。つまり妖刀ということか。それならば、何らかの超常的な力によって、父の最期の意思を総十郎に伝えたとしても不思議ではない。説得力はそれなりにある。

話を聞いていた総十郎が興奮した様子で身を乗り出した。

「なんと！　神社の宝刀とご縁がございましたか！　伝えられているところによれば、やんごとなきお方のために至高の一振りを打った際の習作として、物部の先祖が譲り受けたようです。平和な新世界ゆえ並の刀に刃は要らぬ、とあえて刃付けはなされなかったそうで……。物部の一族は、代々この人を傷つけぬ刀を振るい、その腕を磨いてきたとされています。まさかそれほど由緒正しきものとは存じませんでしたが……しかし、それならばこの世ならざるモノを斬るという言い伝えにも信憑性《しんぴょうせい》が出て参ります！　仇が妖の類であれば、この刀はまさに天敵となりましょう！」

「まあ……その刀の能力を最大限に引き出せるとしたら、私と同じように怪異の天敵となるかもしれないけれども。そもそもあなた、これまで一度でもその刀の力を引き出せたことがあるの？」

真顔で見つめられ、総十郎は鼻白む。

「それは……拙者は未熟者ですので、まだその域には達していませんが……。しかし、巫女様にご指南いただければ、必ずや成長してみせます！」

何とも言えない表情を浮かべる綺翠だったが、結局様々な言葉を飲み込んで、無理だけはしないでね、と告げる。

ひとまず、綺翠に稽古をつけてもらう、という当初の目的は果たせそうだ。

「それじゃあ、早速明日から見てあげるけど……場所は神社でいいかしら？　もし宿が遠いようなら、街の道場でもいいけれども」

「ありがとうございます。しかし、朝一でこちらまで馳《は》せ参じますので、お気遣いには及びません」

「……そう？　まあ、あなたがそれで構わないならいいのだけど。ちなみに宿はどこ？」

「宿は取っておりません」総十郎は当然のように答えた。「ずっと咳が出ておりましたゆえ……。そのような状態では宿の主《あるじ》や、他の宿泊客にも迷惑がられましょう。その日暮らしの身の上でもありますので、路銀は節約するに越したことはありません」

「つまり……野宿ということ？」

呆れ声で綺翠が確認すると、はい、と真顔で返ってきた。さすがに空洞淵も唖然としてしまう。

まだ秋口とはいえ、夜はそれなりに冷える。そんな中、今のような身体の状態で野宿をしていたら治るものも治らないし、下手をすれば悪化して死にかねない。

どうしたものか、と考え込む空洞淵だったが、そこで綺翠は今日一番の深いため息を吐く。

「……仕方ないわね。いいわ、しばらくうちに逗留《とうりゅう》なさい」

「いえ！ いくら何でも、これ以上お世話になるわけには……！」

「子どもが遠慮しないの。具合がよくないなら、稽古場に住むのが一番楽でしょうに。その代わり、稽古していないときは安静にしていなさい」

「し、しかし……」

助けを求めるように総十郎は空洞淵を見る。真面目《まじめ》で義理堅い彼としては、これ以上神社に迷惑は掛けられない、という心持ちなのだろう。その気持ちは大変よくわかるが、彼がしばらく神社に住むなら、状態を逐一確認できて空洞淵としても何かと都合がいい。

空洞淵は、安心させるように優しく言う。

「せっかくだし、甘えていきなよ。実は僕もここに居候させてもらってるんだ」

「先生もこちらに……？」

不思議そうに首を傾げる総十郎。そういえば、肝心のことを伝えていなかったな、

と思い出したところで、

「当然でしょう。空洞淵くんは私の許婚《いいなずけ》なのだから」

「なんと！　許婚だったのですか！」

あっさりと言い放つ綺翠と、瞠目《どうもく》して声を上げる総十郎。実際のところ、正式な結婚の約束などはまだしていないため許婚ではないが……ここで下手に否定して綺翠の機嫌を損ねることもあるまい、と空洞淵は口をつぐむ。元より綺翠と結婚することに不満などない。まあ、外堀ばかりが埋められていく現状には、少なからず重圧を感じてしまうのだけれども……。

空洞淵は逸《そ》れ掛けた思考を戻すように軽く咳払《せきばら》いをする。

「……とにかくそういうわけだから、総十郎くんも遠慮しないで。ここに住み込むほうが、稽古の時間を多く取れてきみの目的を果たす上でも有用だと思うけど、どうかな」

総十郎はしばしの逡巡《しゅんじゅん》を見せるが、やがて覚悟を決めたように綺翠へ視線を戻す。

「……数々のご厚意、重ね重ね感謝申し上げます。不束者《ふつつかもの》ではございますが、しばしご厄介になります」

畳に手を突き、また深々と頭を下げた。実に礼儀正しい少年で、提案しつつあまり乗り気ではなさそうな綺翠も、僅《わず》かな渋面を浮かべつつ受け入れるしかない。

「――一つだけ、うちで寝泊まりする上で、絶対に守ってもらわなければならない規則があるわ」

「はい。何なりとお申し付けください」

頭を上げる総十郎。綺翠はあえて鋭い視線で少年を見据えた。

「穂澄に手を出したら……ただじゃおかないから。それだけは肝に銘じておいて」

まるで地獄の底から響くような低い声。空洞淵でさえ恐怖のあまり思わず身震いをしてしまう。慣れていない総十郎に至っては「ひぃ！」と声を引きつらせるほど。

さすがにこの真面目で落ち着いた総十郎が穂澄に手を出すとも思えなかったが……釘《くぎ》を刺すつもりならば、十分すぎるほど効果があったようだ。

そのとき、穂澄が風呂から上がってきた。薄手の浴衣という普段どおりの風呂上がり姿ではあったが、上気した肌と汗ばんだ額に前髪が張り付いた様子は、少し大人びて見える。

「お待たせー」

居間の張り詰めた空気も知らん顔で、彼女はいつもの自分の座布団《ざぶとん》に腰を下ろす。

その際、にこりと総十郎に微笑み掛けるが、当の総十郎は目を白黒させて一瞬で視線を逸らした。穂澄の扇情的な姿に動揺しつつ、綺翠に脅しを掛けられた直後でどうすればいいかわからなくなってしまったのだろう。

「穂澄。総十郎くんはしばらくうちに泊まることになったから」

綺翠の端的な報告に、おおっ！　と歓声を上げる。

「いいね、それがいいよ！　総くん、自分のおうちだと思ってゆっくりしていってね！　あ、客間にお布団用意しないと！」

世話好きの穂澄は、水を得た魚のように廊下を駆けていく。

その後ろ姿を見送って、綺翠はまた低い声でぽつりと言った。

「――穂澄に手を出したら、本当にただじゃおかないから」

総十郎は、首が取れるのではないかというほど激しく、何度も首肯した。

4

翌早朝。

涼やかな秋晴れの中、総十郎の稽古が始まった。

神社の境内、その本殿の裏手には、稽古のためのちょっとした広場が設けられている。

まずは現在の実力を測るために、綺翠と総十郎は広場の中央でそれぞれの得物を構えて対峙《たいじ》していた。と言っても、さすがに真剣ではなくお互い竹刀《しない》だ。

普段、綺翠は小太刀と呼ばれる、若干短めの日本刀を愛用しているため、竹刀もその分、刀身が短い。対して、総十郎は一般的な打刀《うちがたな》の長さの竹刀を正眼《せいがん》に構えている。刀身の差はおよそ三寸（十センチ弱）。単純に考えれば、間合いが広い分、総十郎のほうが有利だ。

だが、その有利を感じさせないほど総十郎の身体《からだ》には緊張が走り、逆に綺翠は自然に脱力した無形の位でただ立っていた。

「――遠慮はいらないから、仇討ちのつもりで、全力で掛かってきなさい」

「は、はいっ！」

普段どおりの、感情の籠《こ》もらない淡々とした綺翠の声に、総十郎は上擦った声を返す。

随分と緊張している様子だが、大丈夫だろうか。不安になりながら空洞淵はその様子を見学する。隣には、固唾《かたず》を呑《の》んで状況を見守る穂澄の姿が。

もしかしたら、総十郎の緊張の何割かは見学している穂澄の影響かもしれない。ただ周囲を気に掛けている時点で立ち合いに集中できていないとも言える。総十郎にそんな余裕はないはずなので、稽古が始まれば嫌でも集中せざるを得なくなるだろう。

張り詰めた空気の中、総十郎は一度大きく深呼吸をして目を閉じた。

一拍置いて瞼《まぶた》を開いたとき、彼の纏《まと》う空気が明らかに変化した。

「――いざ、参ります」

先ほどまでとは打って変わった冷徹な声。

目付きも鋭くなり、身のこなしにも一切の無駄が見られなくなった。

まるで、優しい少年から一人の剣客に切り替わったようだ。

戦いとは無縁の日々を送っている空洞淵は、緊張のあまり唾《つば》を飲み込む。

ゴクリと、喉《のど》が鳴る。

刹那《せつな》、沈み込んだ総十郎の身体が、爆《は》ぜるように大地を蹴《け》った。

――速い！

一瞬で間合いを詰める総十郎。

パァン！

竹刀が打ち合わされる。綺翠は剣戟《けんげき》を躱《かわ》すのではなく受けたのだ。

近接からの激しい乱打が繰り出される。まるで爆竹が連続して爆ぜるような激しい音が境内に響き渡る。

素人《しろうと》の空洞淵から見ても、とにかく総十郎の剣戟が速くて鋭いことがわかる。速すぎて剣筋の残像をかろうじて追うことしかできない。

細身でお世辞にも筋肉質とは言い難い総十郎だが、それは裏を返せば身軽であるということ。筋肉という力と守りを捨て、ただ速さのみを追求する体捌《たいさば》きは、奇《く》しくも綺翠の戦闘様式と同様だ。

ただ綺翠と違うのは、細身と言っても総十郎はあくまで男であるということだ。力は女性である綺翠よりも明らかに強く、剣筋にもそれが現れている。

これまで綺翠は、怪異という圧倒的な力を持った相手とばかり戦ってきた。ならば、自分と同じく速さに特化し、かつ力も勝る相手との戦いには、慣れていないのではないか——。

一瞬脳裏を過《よぎ》る懸念《けねん》。その間も立て続けに竹刀が打ち合わされる快音が鳴り響く。

先ほどまでの温厚で落ち着いた総十郎からは考えられないほどの苛烈《かれつ》な闘気。目の前で見ていても、人が変わったとしか思えない。これが剣客という存在なのだろうか。

空洞淵は固唾を呑んで稽古を見守る。

恐るべきは、やはり総十郎の剣速。一足一刀の間合いから、一歩でも踏み込んで斬《き》り掛かればそこはもう綺翠の間合い。近接になれば、得物の短い綺翠のほうが取り回しが容易で俄然《がぜん》有利になるはずだったが……総十郎はその剣速だけで自分に不利な間合いでも綺翠と互角に刃《やいば》を交えている。

力負けするように綺翠はじりじりと後退していく。無理に力で応えようとすれば、体勢を崩されてしまうのだから、いなしていくしかない。

まさか、このまま綺翠が敗れる……？

考えもしなかった可能性が脳裏を過ったまさにそのとき。

総十郎の剣速がさらに一瞬だけ加速し、綺翠の受けを超えた。

渾身《こんしん》の唐竹《からたけ》割りが綺翠の頭上に迫る。

切先が綺翠の脳天に吸い寄せられ、危ない！　と空洞淵は無意識に手を伸ばしかけるが――。

綺翠は、まるでその剣戟の軌道を予《あらかじ》め読んでいたかのように音もなく半身を引き、いとも容易《たやす》く一撃を躱した。

何が起きたのかわからない空洞淵。おそらく総十郎も同様だろう。

勢い余って体勢を崩す総十郎。しかし、すぐに立て直しまた加速する剣戟で渾身の二の太刀、三の太刀を振るう。

だが、綺翠はもう先ほどまでのように受けなかった。

ただ最小の動作で躱す。

総十郎の太刀筋は完璧《かんぺき》に見切ったとでも言わんばかりの所行。

ここへ来てようやく総十郎にも焦《あせ》りが見え始める。渾身の一撃を見舞って以降、彼の剣は巫女《みこ》に掠《かす》りすらしない。幾度も、無為に空を切る斬撃《ざんげき》。

やがて根負けしたように総十郎は息を切らし、大地に竹刀を突き立てるよう頽《くずお》れた。

勝負あり、か。

すべてを見届けてから、穂澄は慌《あわ》てた様子で総十郎に駆け寄り、白い顔に浮かんだ汗を拭《ぬぐ》ってやる。咳の混じった荒い呼吸を繰り返しながらも、総十郎は悔しげに綺翠を見上げる。

対して、呼吸一つ乱さずにいつもの無表情を浮かべた綺翠は、落胆にも似たため息を零す。

「勢いばかりで芯《しん》のない太刀筋。もしも私が仇《かたき》の剣客だったなら、あなた今頃なます斬りよ。まったく……それでよく仇討ちをしようなんて思えたわね」

「……言葉もありません」

恥じ入るように言葉を振り絞る総十郎。少し言い過ぎでは、と心配になるが、そこで綺翠は僅かに無表情を崩した。

「――でも、愚直なほど真《ま》っ直《す》ぐな闘志は好感が持てるわ。筋も悪くないし、そういう子は伸びるものよ。特に剣筋の速さには目を見張るものがあったもの」

「ほ、本当でしょうか……！」

まるで飼い主に褒められた犬のように即座に表情を明るくする総十郎。ええ、と心なしか優しい声で答えて、またすぐに綺翠はいつもどおりの無表情に戻る。

「ただ、その闘志に腕のほうが全く追いついていない。戦い以前の問題よ。ただ速いだけの剣なんていくらでも対処できるのだから。基礎を疎《おろそ》かにするからそうなるの。型から仕込み直してあげるから覚悟なさい」

「はいっ！　よろしくお願いいたします！」

呼吸を整えて、総十郎は立ち上がる。去り際《ぎわ》、総十郎はどこか固い声で言った。

「穂澄さんも、ありがとうございました」

「あの、無理だけはしないでね……？」

労るような穂澄の言葉。総十郎は、ただこくりと頷いて、綺翠の元へ駆けていく。

少しだけ元気がない様子で穂澄は空洞淵の隣まで戻ってくる。

「……ねえ、お兄ちゃん」

「どうしたの？」

「私、もしかして総くんに避けられてる？　何だか私にだけ素っ気ない気がして……。ひょっとして嫌われるようなことしちゃったのかな……？」

不安げな面持ちで見上げてくる穂澄。確かに綺翠への対応に比べたら、穂澄への対応はどこか熱が籠もっていないというか、必要以上に固くなっているように見受けられる。昨夜、綺翠に釘を刺された影響も多少はあるのだろうが、本当の理由はきっと——。

穂澄の元気がないと空洞淵もつらいので、総十郎には悪いと思いつつ正直に告げる。

「嫌われてるどころか、その逆だよ」

「……逆？」

「穂澄が可愛《かわい》いから、どんな顔をして話せばいいかわからなくて、ああしてあえて素っ気ない態度になっちゃってるんだよ」

「か、可愛いなんて、そんな……！」

照れたように頬に両手を当てる穂澄。とても可愛い。

「あの年頃の男の子にはよくあることだから気にせず、普段どおり優しく接してあげてね。そのうち慣れてくると思うから」

「うんっ！」

嬉《うれ》しそうに元気よく返事をしてから、そうだ、と何か思いついたように手を叩《たた》く。

「総くんのために、何か私にも協力できることないかな。私も力になってあげたいな」

「穂澄にできること、か……」

何かないかと少し考える。そもそも美味しい食事の準備や、その他身の回りの世話をしてくれるだけでもう十分すぎるほど力になってもらっているのだけれども……。さらにもっと力になってあげたいと思っているのならば、その優しい気持ちを無下にはできない。

そこで空洞淵は、差し当たってやらなければならないことの中から、穂澄にぴったりの仕事を見つけた。

「それじゃあ今日の夕方あたり、総十郎さんと一緒に店まで来てくれないかな。二人に少しやってもらいたいことがあるんだ」

「総くんとお店まで行けばいいんだね！　任せて！」

自信満々に胸を叩く穂澄。

「それと、途中で牛乳を買ってきてほしいんだ。できれば一升くらい」

「牛乳？」意外そうに首を傾《かし》げるが、すぐに受け入れた様子で頷く。「わかった！　牛乳を買って、お兄ちゃんのお店まで行くね！」

あまりにもいい子なので頭を撫《な》で回したくなるが、空洞淵は何とか我慢した。

それから穂澄は急に何か思い出したように、あっ、と声を上げる。

「そろそろ朝ごはんの用意しなきゃ！　お兄ちゃん、総くんのことちゃんと見ててあげてね！」

パタパタと母屋《おもや》のほうへ走り去る穂澄。すっかり元気になったようでよかったと空洞淵も胸を撫で下ろす。その分、総十郎はこのあと穂澄にぐいぐい来られて対応に苦労するのだろうけれども……まあ、それも経験だ。

微笑《ほほえ》ましい心持ちになりながら、稽古の様子を窺う。

すでに二人は対峙を終え、早速基礎の見直しに入っているようだった。総十郎は竹刀から彼の愛刀である〈無刃刀〉に持ち替えている。

「――剣術だけでなく、あらゆる武術の極意は脱力よ。余計な力は体力を無駄に消耗させるだけだし、かえって相手に動きを読まれやすくなって危険ですらある。私があなたの斬撃をすべて見切れたのもそのため。でも、力を入れるなと言われてもよくわからないわよね。だから最初は、『型』を身体に染《し》みこませなさい。無意識でもその動きができるよう、ひたすら反復して。自然な力の抜き方がわかってくれば、手首が柔らかくなって力を入れずとも剣を構えられるようになるわ。剣筋も真面目そのものだし、そういった地道な訓練のほうがあなたには向いていると思うのだけど、どうかしら」

あまり乗り気ではなさそうだった割に、随分と丁寧で親切な教え方だ。お世辞にも愛想がいいとは言い難い綺翠だが、意外と人に何かを教えるのが上手そうだ。

そういえばと、〈幽世〉に来て右も左もわからなかった頃、空洞淵も綺翠から色々なことをわかりやすく教えてもらったことを思い出す。

そうか、綺翠には元々そういう一面があったのか、という再発見があり空洞淵は少し嬉しくなる。

総十郎は、はい、と元気よく返事をして綺翠から基本の型を教わっていく。激しい動きではない。むしろ、かなりゆっくりとした動きだ。おそらく太極拳《たいきょくけん》のように、意識的にゆっくりと動くことで、呼吸や気の流れを整えつつ、筋肉の挙動や連動を知るのだろう。

もしかしたら、先ほどの総十郎の戦い振りを見て、激しい動きは彼には向いていないと見抜いた上での訓練法なのかもしれない。

実際、肺に呪いを受けているという総十郎の心肺機能は健康的な一般人と比較して著しく低下している。普通の人ならば定期的な有酸素運動などによって改善していくものではあるが、呪いのためにそうなっている総十郎はそれも望めない。

だからそんな彼が仇の剣客と戦うならば、余計な力を極力省いて〈後《ご》の先《せん》〉を取る方法しかない。

幸いにして、昨夜寝るまえと今朝飲んだ薬の影響で咳も抑えられているし、身体に負担を掛けないこの訓練ならば空洞淵も薬師《くすし》として安心できる。

ただ――空洞淵にはまた別の懸念があった。

それは、いずれにせよこのままでは総十郎は長く生きられない、ということだ。

呪いは進行性のもののようだし、現時点でも身体はかなり衰弱している。昨夜言ったように、こうしてまともに動けていること自体が奇跡に近い。

だが、そんな奇跡がいつまでも続くとは思えない。そう遠くない未来にはきっと本当に身体の限界が来て彼は命を落としてしまうだろう。最悪それは、明日か明後日《あさって》かもしれない。

子どもがあたら命を散らすところなど見たくない。

だから、どうにかして仇である謎の剣客とやらを一刻も早く見つけ出し、総十郎に掛けられた呪いを解く必要がある。

稽古の様子を見守りながら、空洞淵は早速今日から街の人に情報収集をしていこう、と今後の方針を固めた。

5

「——辻斬《つじぎ》り、ですか」

店にやって来た患者から、いきなり不穏当な言葉が飛び出して来て空洞淵は面食らう。

患者は定期的に顔を出してくれる中年の男性で、今日は排尿痛があるということでやって来た。見たところ他に症状や不調はなさそうだったので、丸剤で様子を見ることにしたのだが……。

軽い雑談のつもりで、最近妙な剣客を見掛けなかったか、と聞いてみたところ男性は、一昨日《おととい》の夜に辻斬りがあったらしい、ということを話し始めた。

「辻斬りなんて大事じゃないですか。大丈夫だったんですか？」

「ああ、命に別状はないらしいね」困ったように男性は口を曲げる。「何でも、身体には傷一つないのに、斬られたら動けなくなるんだって。また〈死神〉が現れたんじゃないかって噂《うわさ》も出てるけど、どうもそういうわけでもないみたいだよ」

――死神。

今年の年明けからまもなくした頃、黒衣の死神が夜な夜な街を彷徨《さまよ》い歩き、人々の魂を刈り取るという厄介な騒動が起こっていた。そのときの死神が持っていた得物も日本刀だったので、そういう意味では符合する部分も多そうだが……。

「動けなくなるというのは、どういう感じなのです？　死神騒動のときのように、死んだように眠り続けるのですか？」

「いや、意識はあるみたいだな。異常に疲れたみたいに元気がなくなる、ってほうが正しいのかな。気になるなら、顔出してきなよ。米屋の亭主だから先生も顔なじみだろう」

米屋の亭主――確かに顔なじみだ。患者として店に来たことがあるし、空洞淵も何度か米を買いに行ったこともある。

意識があるならば、魂を刈り取られていた死神騒動のときほど深刻ではなさそうだが……総十郎の仇の剣客の行方を捜している現状では、あまりにも気になりすぎる。

薬を受け取った男性は、世話んなったね、と気《き》っ風《ぷ》のいい挨拶《あいさつ》を残して店を出て行った。

伽藍堂の中は、空洞淵とその弟子の栩だけになる。

「師匠、気になっているのではありませんか？」

予製の調剤を黙々と続けていた栩が、気を利《き》かせたように言った。

「気にならないといえば嘘《うそ》になるけど……今は往診の時間じゃないし」

「店番は私がやっておきますから、少し様子を見に行ってあげてください」

こちらは大丈夫ですから、と笑顔で言われてしまったら空洞淵もその言葉に甘えたくなる。最近何かと店番を栩に任せて外出することが増えてきていて、申し訳なさを覚えていたけれども……裏を返せば、それだけ栩がどんどん仕事を覚えてくれて頼りになってきた証拠でもある。

元々忙しさを緩和するためだけではなく、往診の時間を増やすためにも従業員を求めていたのだから、あまり気にしすぎるのも逆に栩に悪いかもしれない、と思い直す。

「……わかった。じゃあ、なるべく早く帰ってくるから店番お願いね」

「はい！　行ってらっしゃいませ！」

可愛い弟子に見送られて、空洞淵は店を出る。目的の米屋は、目抜き通りの中程にあるので、しばし初秋の空気を楽しみながら歩みを進める。

乾いた風が非常に心地よい。今年の夏は一段と暑かったこともあり、文字どおり生き返るようだ。紅葉にはまだ早いが、風に揺れる木々も秋の到来を待ち侘《わ》びていたことだろう。

幸福は刹那の中にある――。

祖父がよく言っていた言葉だが、まさしくそのとおりだと近頃になって空洞淵も実感していた。

幸福がある種の状態変化によってもたらされる感情なのだとしたら、これほどおあつらえ向きの状況もない。

詮《せん》ないことを考えていたら、次第に周囲に人通りが増えてきた。いつの間にか目抜き通りに入っていたようだ。ここはいつ来ても賑《にぎ》やかで、どこかほっとする。〈現世〉にいた頃は静寂だけを愛しており、繁華街には近づこうとすら思わなかったけれども……人間、変われば変わるものだ。

方々から飛んでくる挨拶に応じながら雑踏の中を進み、ようやく目的地に到着する。

米屋の店先には、十二、三歳の少女が立っていた。米屋の一人娘だ。どうやら動けない父親に代わって店番をしているらしい。

こんにちは、と声を掛けると、娘はすぐに表情を明るくする。

「先生、いらっしゃい！　こんな時間に珍しいね！　新米出てるよ！」

「……じゃあ、せっかくだし二升くらいもらっていこうかな」

「毎度あり！　すぐに用意するね！」

まだ子どもなのに商売上手だ、と苦笑してから空洞淵は本題に入る。

「用意はゆっくりでいいよ。実は今日は往診に来たんだ。お父さんが倒れたって聞いて」

「あ、それでわざわざ来てくれたんだ。嬉しいなあ。お父ちゃん、奥で寝てるからちょっと見てあげてよ。その分こっちも色付けておくから」

可愛らしく片目を閉じる娘に礼を述べて、空洞淵は家に上がる。薄暗い奥の間では、顔なじみの主人が布団に入って寝込んでいた。

傍らで縫い物をしていた女将《おかみ》が空洞淵に気づく。

「おやまあ、先生じゃないか。ひょっとしてうちのを診に来てくれたのかい？」

「ええ、話を聞いて少し気になりまして。でも、お休み中ならまた今度でも――」

日を改めようとする空洞淵だったが、

「ちょいとアンタ！　いつまでぐうたらしてんだい！　先生が来てくれたよ！」

女将は、気持ちよさそうに眠りに就く旦那《だんな》の額を容赦なくピシャリと叩いた。

挨拶する。

「な……なんでい!?」

何事かと慌てて飛び起きる主人。仲がいいな、と微笑ましく思いながら空洞淵は挨拶する。

「こんにちは。突然お邪魔してすみません」

「……ああ、先生かい」

恥ずかしいところを見られたためか、ばつが悪そうに鼻の下を指で擦《こす》る。

「へへ……情けねえな。このザマだよ」

「辻斬りに遭ったと聞きましたが、本当に身体は何ともないのですか？」

早速本題に入る空洞淵。主人は、ああ、と乾いた声を返す。

「不思議なもんで、風邪引いたみてえに怠《だる》くて、ろくに動けねえこと以外は何ともねえんだ」

確かに見たところ、気怠《けだる》げなだけで特別どこかが悪い様子はない。空洞淵は脈診を始めながら、事情を聞く。

「具体的に何があったのか、詳しく教えていただいてもいいですか？」

「いいけど……大したことはねえさ」自嘲《じちょう》するように口を歪《ゆが》める。「一昨日の晩に、ちょいと仲間内で酒を呑んでな。つい呑み過ぎちまって、帰るのが丑三《うしみ》つ時になっちまったんだ。それで母ちゃんに怒られると思って、一人で往来を小走りに走ってたんだが……。あの日の夜は、急に冷え込んで、おまけに月も出てなかったから何だか心細くてよ。早く着かねえかな、なんてなことを思ってたとき、前に怪しい人影が立ってることに気づいたんだ」

「怪しい人影、ですか……。何故《なぜ》怪しいと思ったんですか？」

「それがな、不思議な話なんだが……よく見えなかったんだ」

「よく見えない？」

「ああ。なんか、靄《もや》が掛かってるみたいでな。ただ何となく、その立ち姿から男だってのがわかるくらいだった」

靄が掛かっている——。総十郎が言っていた、仇の剣客の特徴と一致している。

「俺はもう、絶対に妖怪の類《たぐ》いだと思って、関わっちゃいけねえとばかりに逃げ出そうとしたんだが、そうしたら奴《やっこ》さん、急に腰の長物を抜きやがってな。殺されると思って、一目散に走り出したんだが……結局背中からばっさりよ」

枕元《まくらもと》の煙草盆《たばこぼん》に手を伸ばそうとするが、女将にピシャリと手を叩かれ慌てて引っ込める。布団の上での煙草は危ないので、今のは女将が正しい。

またばつが悪そうに、主人は叩かれた手を擦りながらため息を吐《つ》いた。

「……冬に騒ぎになってた〈死神〉は、えらい別嬪《べっぴん》だったって話じゃねえか。そんな別嬪なら是非とも会ってみてえくらいだが……今度の辻斬りは何の面白味もねえ男だ。斬られ損だよ、まったく」

「何、馬鹿《ばか》なこと言ってんだい、アンタ。命あっての物種だろうよ」女将が呆れたように割って入る。「これに懲《こ》りたら、深酒は控えることったね」

まあまあ、と仲裁しながら、空洞淵は頭の中で別のことを考える。

状況的に見て、今の話に出てきた謎《なぞ》の男は、総十郎の仇の剣客と同一人物か、あるいは何らかの類似の怪異であると考えていいだろう。

総十郎が極楽街にやって来たのと、時を同じくして街に現れた謎の剣客。さすがに偶然とは思えない。ひょっとして、何らかの理由により総十郎の命を狙《ねら》っており、そのために彼を追ってきたのだろうか。

現状では、確定できることが何もなかったが、いずれにせよ警戒するに越したことはない。仇が近くにいることを総十郎に伝えるべきかどうかは悩みどころだったが、命の危険がある以上、伝えないわけにもいかない。

もっとも、現状の総十郎の腕では太刀打ちできそうもないのだけれども……。

思考は雑多だが、それでも丁寧に脈診を終える。

「――やはり脈は大分落ちていますね。まるで大病を患《わずら》った後のような脈です」

「まさか……俺は死ぬのか……？」

不安げに瞳《ひとみ》を揺らす主人。空洞淵は微笑みを返す。

「大丈夫ですよ。酷《ひど》く落ちていますが、このくらいであれば十分対応できます。夕方、落ちた気を盛り返す薬を持って来ますから、それを飲んで二、三日ゆっくりしていれば、また元どおりの生活に戻れますよ」

「そうか……そいつはありがてえ」

主人は、目元に涙すら浮かべながら安堵《あんど》の息を吐く。まだ小さな娘を置いて、一人旅立つのではないかと心配していたのだろう。

大げさなんだよまったく、と素っ気なく言いながら、女将もどこか安心した様子だ。

確かに、例の〈死神騒動〉からまだ一年と経《た》っていないのだから、謎の怪異に襲われたとあっては、不安にならないはずもない。

被害者がこれ以上増えるまえに、一刻も早く問題を解決する必要がありそうだ。

今後の方針を固めてから、空洞淵は調剤をするために米屋を出る。

帰り道は、自分で買った米二升と、往診のお礼でもらった米八升、計十升（約十五キログラム）と大荷物になってしまった。

6

這々《ほうほう》の体《てい》で伽藍堂まで戻ると、店にはすでに穂澄と総十郎がやって来ていた。

「ほら、総くん。ここに小指を引っ掛けるんだよ」

「……あの、穂澄さん。少し近すぎやしませんか？」

「だって近づかなきゃ取れないでしょう？　そう、そこでその穴に人差し指と中指を入れて広げて……ああ、違う違う！　そこじゃなくて――」

楽しそうにコロコロと笑う穂澄と、目を白黒させながらも懸命に手を動かす総十郎。

どうやら暇な待ち時間に、二人あやとりを始めたようだ。槲も楽しげに、というか微笑ましげにその様子を見守っている。

重荷を床に下ろし、しばらく黙って見ていようとも思ったが、すぐに気づいた総十郎が、これ幸いとばかりに声を掛けてくる。

「おおっ、先生！　お勤めご苦労様です！」

どうやら穂澄にぐいぐい来られて、対応に困っていた様子だ。その原因の一部は空洞淵にもあったので、多少同情的な気持ちから助け船を出す。

「待たせてごめんね。それじゃあ、早速始めようか」

あやとりを途中で中断されたためか、穂澄は少し残念そうに、はぁい、と返事する。穂澄のほうはすっかり総十郎と仲よくなる気満々のようだ。ただ総十郎のほうは……自分の感情を理解するまでにまだ時間が掛かりそうだった。

「牛乳は買ってきてくれた？」

「うん！」

瓶を差し出してくる穂澄。蓋《ふた》を開けてみると、甘く、少し生臭い牛乳の香りが漂ってくる。冷蔵技術が発達していない〈幽世〉では、牛乳はまだ比較的高級品だ。空洞淵は空いている鍋《なべ》に、中身をすべて移して火に掛ける。

「まず穂澄には、この牛乳を煮詰めてほしいんだ。焦《こ》げ付かないよう、火加減をよくみながらかき混ぜてね」

「う、うん。でも、煮詰めてどうするの？　飲むんじゃないの？」

戸惑いを見せる穂澄。せっかく買った高級品の牛乳をすべて煮詰めてしまうのをもったいなく感じるのは当然だ。だが、どうしても必要な工程なのだから仕方がない。

「牛乳を煮詰めて、酥《そ》を作るんだ」

「そ？」

初めて聞く言葉のためか、首を傾げる。一緒に聞いている総十郎も同様の反応を示す。

「牛乳を煮詰めると、水分が飛んで最後にすごく栄養価の高い塊ができるんだけど……。それが総十郎さんの咳の薬に必要なんだ」

酥、あるいは蘇《そ》は、牛乳の保存技術が発達していなかった古代における、牛乳を長期保存するための加工食品だ。食感はチーズに似ているが、厳密にいえば製法が異なるためチーズではない。チーズよりも味は落ちるが、その分栄養価は高い。

当時はかなりの高級品で、神饌《しんせん》や医薬品としても利用されていたらしい。

近年、〈現世〉の日本で一時期、市場に牛乳が大量に余ったことがあったが、古代のおやつとして話題になり、盛んに人々の間で作られていた気がする。ちなみに酥と蘇は、別ものだという説もあるが、そもそも当時の乳牛の種類さえも不明であり、現状真相は誰にもわからない。

総十郎の薬に必要とわかったためか、穂澄は熱心に火に掛けた鍋をかき回し始めた。料理上手な彼女ならば焦がすこともないだろうと、全幅の信頼を寄せて空洞淵はもう一つの作業に入る。

「僕らはこっちだ」

　空洞淵は百味簞笥《ひゃくみだんす》の一つを開けて、中に収められていた生薬を取り出して床に広げる。それは、茶褐色のシシトウに似た形をしていた。

「これは何でしょうか？」初めて見るのか、総十郎は不思議そうに尋ねた。

「これは皁莢《さいかち》の実を乾燥させたものだよ。総十郎さんが飲んでる皁莢丸《そうきょうがん》の材料だね」

「へえ！　これが！」感嘆の声を上げる総十郎。「では、こちらを粉末にして丸めたら、拙者がいただいている薬になるのですね」

「うん。ただそのまえに色々やらないといけないことがあるから、それを総十郎さんにも手伝ってもらおうと思って。自分が飲んでる薬がどうやって作られてるのか知ると、効き目がよくなるからね」

　所謂《いわゆる》、プラセボ効果だが、案外これは馬鹿にできないものだ。なるほど、と感心する総十郎。相変わらず非常に真面目だ。

　皁莢は、マメ科ジャケツイバラ亜科サイカチ属の落葉高木だ。秋になると豆果《とうか》と呼ばれる果実を実らせ、熟していくと次第に茶褐色になっていく。ここにあるのは、去年のうちに採集をして乾燥させたものである。

　空洞淵は、左手に皁莢の実を、右手に短刀を持つ。

「まず、表面に付いてる薄皮を剝《は》がないといけない。とても固いから、こうして刃を当てて――」

刃で皁莢の表面を強く擦《こす》るように、ガリガリと薄皮を剝いでいく。中々骨が折れる作業なので手伝ってもらいたかったのだ。

すぐに要領を得たように、総十郎は懐《ふところ》から短刀を取り出して同じように皮を剝ぎ始めた。総十郎に貸すために、別の短刀を用意していたがどうやら不要のようだ。

「その短刀は？」

「これも父の形見です。業物《わざもの》ではありませんが……父が日常的に愛用していたものなので……捨てるのも忍びなく思い、拙者が継ぐことにしました」

思い出の品というわけか。いい話だと思いながら、空洞淵は黙々と手を動かす。梛も同じように皁莢の皮を剝ぎ始め、三人で十個ほど仕上げる。

一旦《いったん》こんなもので十分だろう。ちょうどそのとき、穂澄も牛乳を煮詰め終わったようだった。流れるように次の作業へ移る。

「今度は、皮を剝いだ皁莢の表面に酥を塗って炙《あぶ》るんだ。何のためにするのか、正直僕もよくわかってないけど……たぶん刺激を減らすためかな」

事実、皁莢は単独で用いると非常に刺激が強い。おそらく、酥を染みこませてある程度刺激を和らげているのだろう。皁莢丸を大棗《たいそう》の煮汁で和して服用するのも同様だ。

囲炉裏の火を七輪へ移し、その上で酥を塗った皁莢を炙っていく。洋菓子のような甘い匂《にお》いが室内に立ち込めた。

「美味《おい》しそうないい匂いだなあ。ねえ、お兄ちゃん。ちょっと味見してもいい？」

「別にいいけど……とんでもなく辛いからやめたほうがいいよ」

「辛いならやめるね！」

慌てて手を引っ込める穂澄。実に素直で可愛い。総十郎もそんな穂澄を眩《まぶ》しげに見つめている。その様子を眺めていると、空洞淵は何だか喉の奥がくすぐったくなるような不思議な感覚に襲われた。

これが青春の甘酸《あまず》っぱさなのだろうか。

空洞淵にとっては未知の体験なので、よくわからない。

すべての皁莢を炙り終えると、酥が少しだけ余った。せっかくなので、おやつとして四人でいただく。あまり美味《うま》いものではないと聞いていたが、意外なほど甘く、空洞淵には結構好みの味だった。

「最初は、牛乳を煮詰めちゃうなんてもったいないと思ったけど、すごく美味しいね！　これなら今度うちでも作ってみようかな！　お砂糖とか肉桂《にっき》とか一緒に煮たらもっと美味しくなるかも！」穂澄も大喜びだ。

「穂澄さん、よろしければ拙者の分も如何《いかが》ですか」

「あれ？　総くんの口には合わなかった？」

「いえ、穂澄さんが幸せそうに食べている姿が素敵だったものですから」

「うーん、でも総くんにも食べてもらいたいなあ。じゃあせっかくだし半分こしよっか。はい、あーん」

「ちょ、穂澄さん、近っ……！」

　また楽しそうにいちゃいちゃし始めたので、空洞淵は心穏やかにしばし見守る。

　あとは、皁莢を薬研《やげん》で挽《ひ》いて粉にしたものを蜂蜜《はちみつ》と混ぜて丸めるだけだ。

　思う存分、穂澄と総十郎が仲よくしている様子を眺めてから、手伝ってくれたことに礼を述べ、暗くなるまえに穂澄たちと棡を家に帰す。

　それから空洞淵は、一人で残りの作業に取り掛かった。得も言われぬ幸せな時間の残滓《ざんし》がずっと周囲に漂っている気がした。

7

翌日。

天気は生憎《あいにく》の曇りであったが、今日も早朝から稽古《けいこ》は続いていた。

「ほら、また腕と足の連動が疎かになっているわ。自分の身体を思いのままに操れるよう、常に意識しなさい。指の先まで一切の妥協なく」

「はい！」

総十郎はただひたすらに一つの『型』を繰り返す。

昨日よりもさらに気合いが入っているように見える。おそらく彼の仇である謎の剣客が、すでに極楽街へやって来ていることを伝えてあるからだろう。

彼の命がどこまで保《も》つかわからない以上、元から短期決戦で臨まざるを得ないことはわかっていたことだけれども、それにしても些か急だ。

この短期間で総十郎は、本当に仇に挑めるようになるまで強くなれるのか。すべては、綺翠との稽古の密度に関わってくるのだから、熱が入るのも頷《うなず》ける。

ただ、心は猛《たけ》っていても、身体には限界がある。薬によって、咳のほうはそれなりに抑えられているため、集中は削《そ》がれないようだが、あくまでそれは応急処置のようなもの。心肺機能自体は元のままだし、少しでも無理をすればすぐにまた咳はぶり返してくる。

稽古の途中、何度目かの咳の発作とそれに伴う喀血《かっけつ》が起きた。

蹲《うずくま》り、咳に耐えるが、すぐに口元の鮮血を無造作に腕で拭い、総十郎は再び構えに戻ろうとする。

「――我武者羅《がむしゃら》に繰り返せばいいというわけではないわ。少し休みなさい」

「……はい」

酷く残念そうに、総十郎はその場にしゃがみ込む。その姿が、まるで叱《しか》られた仔犬《こいぬ》のようにも見えて、空洞淵は思わず歩み寄る。

「綺翠の言うとおりだよ。あまり根を詰めすぎないほうがいい」

「先生……。しかし、拙者には時間がありません。このような体たらくでは、仇討《あだう》ちなどとても……！」

悔しげに拳《こぶし》を地面に叩きつける。そのやるせない気持ちは痛いほどよくわかるが、だからといって無理をしてどうなるものでもない。

現状への不満と、時間的限界。

総十郎くらいの年頃になると、誰でも一度は覚える葛藤《かっとう》だろう。それはスポーツであったり勉強であったり、あるいはそれ以外の才能であったりと様々な形があるだろうけれども……。

共通するのは、理想と現実の狭間《はざま》で板挟みになり、どうにもできなくなるということ。

　多くの人が、このときに無念と挫折《ざせつ》を覚えて大人の階段を上っていくが……。総十郎にとってはその未来すらも存在が危ぶまれているのだから、大人として何とか力になってやりたい。

「そうだね……身体を動かせないときは、想像で稽古してみようか」

「想像で、ですか……？」訝《いぶか》しげな目を向けてくる総十郎。

「うん。教わったことを、頭の中で想像して反復するんだ。それもただ想像するだけじゃなく、実際に自分が動いていると本気で思い込むことが肝要だ」

「しかし……実際に身体を動かさずして、何の意味がありましょうか」

「大いに意味はあるよ。たとえばだけど――」

　空洞淵は、拳を握って総十郎の前に差し出す。

「今から目を瞑《つむ》って、この拳を握ることはできるかな」

　意図がわからないのか不思議そうな顔をしながらも、総十郎は言われるまま目を瞑り、無造作に手を伸ばす。そのまま難なく空洞淵の拳を握ると、どこか不満げに目を開ける。

「これしきのこと、赤子にもできましょう」

「いや、実はこれしきのことでも、赤ちゃんにはできないんだ」

空洞淵はあえて穏やかに語る。

「考えてもごらん。目を瞑った状態で、どうしてきみは当然のように僕の拳を握ることができたんだろう？　何も見えないのだから、闇雲《やみくも》に手を動かすしかなかったはずなのに」

「そうは言われましても……。一度、拳がどこにあるかは見ているわけですから、後は目を瞑っていようが、何となく場所はわかります」

「何となくわかる、ということは、きみは自分の腕の長さや、どちらの方向にどれだけの力を加えれば、どの程度腕を動かすことができるかを無意識に理解しているということだね？」

一瞬何を言われたのかわからない様子でぽかんとするが、すぐに頷いた。

「それは……そうですね。思ったとおりに身体を動かすというのは、そういうことでしょう？」

「うん。つまり『思ったとおり』というのは、動作の明確な理想がまず頭の中にあって、その動きが肉体に反映されて、自在に身体を動かせるということだ。その動作は、何か特別な訓練で会得《えとく》したものではなく、日常生活の中で頭と身体に染みついていったものだ。自分の身体の大きさ、可動領域、筋肉の連動——絡繰《からくり》では再現が困難な複雑な動きを無意識に行うため、人は誰しも頭の中に、想像上の自分の身体というものを持っている」

わかったような、わからないような。何とも言えない顔をして総十郎は頷く。

「でも、想像しているとおりに身体が動かないことはよくあるよね。実際、きみは今、綺翠に『型』を教わりながらも、思いどおりに動けず焦っている。それは何故だろう？」

図星を突かれたのか、気まずげに視線を逸《そ》らして総十郎は答える。

「……教えていただいた動きが、まだ身体に染み込んでいないためです」

「では、動きが身体に染み込んでいるというのは、いったいどういう状態なのだろうか。一つは、『思ったとおり』に身体が動かせるよう、自分の身体に繰り返し同じ動作をさせて動きの連関が滞りなく果たせるよう筋肉と神経を鍛えていくことだ。これが所謂、反復練習というものだね。そして重要なのがもう一つ。それは頭の中にある想像上の自分の動きの精度を上げておくことだ。だって、そもそも『思ったとおり』の動きが正確に頭の中になければ、そのとおりに身体を動かすことなんてできないんだから」

総十郎はきょとんとする。

「それは――考えてもみませんでしたが、確かに道理ですね。事実拙者は、教えていただいた綺翠様の『型』の動きが、まだ頭の中で正確に思い描けておりません」

「慣れていないことをしているのだから、それは当然だよ。もちろんそれは、地道な反復練習でも少しずつ身についていくものだけど、総十郎さんの場合はそんな余裕もない。だから想像の動作と肉体の動作をあえて分けて稽古することで、より効率的な習得に繋《つな》がると思うのだけど……どうかな」

所謂、イメージ・トレーニングというものである。メンタル的な側面が語られがちだが、人間の動作が認知上の動きを身体へ投射するものである以上、認知の解像度を上げるためのイメージ・トレーニングも当然重要になってくる。

そこで総十郎はようやく晴れやかな笑みを浮かべた。

「さすがは、先生……！　お見それいたしました。想像の上でならば、制限なくいつでも稽古を行えます。これはまさに目から鱗《うろこ》。早速今から――」

言うや否や目を瞑ろうとする総十郎。空洞淵はやんわりと諫《いさ》める。

「まあ、でも今は何も考えずにじっとしていたほうがいいよ。酸欠のときは、上手《うま》く頭も働かないし……」

「……はい」

大人しく項垂《うなだ》れる総十郎。どうにもこの少年の仔犬的な所作は、必要以上に哀愁を誘い何とかしてやりたくなる。

仕方なく空洞淵は妥協案を出す。

「――せっかくだし、この機に総十郎さんの刀のほうを検証してみない？」

今は気休めにしかならないだろうが、いずれ必要なことではある。

綺翠は考え込むように口元に手を当ててから、そうね、と小さく頷く。

「どの程度のことができるのか、確認しておいたほうがいいものね。少し刀を貸してもらってもいい？」

「もちろんです」

総十郎は、納刀した〈無刃刀〉を綺翠に差し出す。漆塗りの鞘《さや》を手にした綺翠は、慣れた動作で、すらりと抜刀する。

「やっぱり少し重たいわね」

曇天の空を映すように鈍く輝く刀身を眺めて彼女は呟《つぶや》く。

綺翠が普段愛用している小太刀は簡素な白木の拵《こしら》え。刀身の長さだけでなく、柄や鍔《つば》の造りでも、重さは増しているようだ。

しげしげと刀身を眺めて状態を確認してから、一振りして空を斬る。

「とりあえず、やれるだけやってみましょうか。二人とも、少し離れて」

言われるまま距離を取り、空洞淵と総十郎は綺翠を見守る。

刀を正眼に構えた綺翠は、そっと目を瞑り、いつものように祝詞《のりと》を奏上する。

「――祓《はら》へ給《たま》へ、清《きよ》め給《たま》へ。守《まも》り給《たま》へ、幸《さきは》へ給《たま》へ」

周囲の空気が、張り詰めたように荘厳《そうごん》な気配を宿す。

巫女の祝詞は清澄《せいちょう》な調べとなり、見ている者の心に染み渡っていく。

初めての光景に、総十郎は緊張した様子で背筋を伸ばした。気落ちしていたのもすっかり吹き飛んだ様子だ。

「――恐《かしこ》み恐《かしこ》みも白《まを》す」

ゆっくりと双眸《そうぼう》を開く。手にした刀は、ぼんやりと淡い輝きを放っているように見える。ただ、普段よく目にする『御巫影断』の霊力解放時と比べたら、日中であることを差し引いてもその輝きはあまりにも弱々しい。

当の綺翠も何度か素振りをして、様子を確かめながら、うーん、と珍しく唸《うな》る。

「一応、霊力は通っているみたいだけど……洗練はされてないわね。鈍器がなまくらに変わったくらいかしら」

「それは……〈この世ならざるモノ〉を斬れるの？」

「どうかしら……やってみないとわからないわ」

それから急に何かを思いついたように、綺翠は裏手の草むらに向かって、「槐《えんじゅ》、いる？」と声を掛けた。

ややあってから、ガサゴソと草むらが動く。

「……なんじゃ、朝っぱらから騒がしい。妾《わらわ》はまだ眠い……宴会ならば余所《よそ》でやってくれ」

草むらの奥から現れたのは、年の頃十歳前後の童女であった。半分しか開いていない目を擦っている様は何とも愛らしいものの、額から生えた二本の角が、彼女が尋常の存在ではないことをありありと示している。

彼女は、〈鬼〉と呼ばれる根源怪異で、〈幽世〉に数多く住む怪異の中でも、最強と言って過言ではないほどの強大な力を持っている――はずなのだけれども、空洞淵や綺翠に懐《なつ》いて今は神社に勝手に住み着いている。

くああ、と、握りこぶしが丸ごと入りそうなほど大きなあくびを浮かべてから童女――槐は広場を見渡し、そこでようやく総十郎の存在に気づいた。

「……見ない顔の童《わっぱ》じゃな。昨日から妙に朝騒がしいと思っておったが……客人か？」

「は……はい！」

真面目《まじめ》──というより、恐怖に顔を引きつらせて総十郎は背筋を伸ばして直立した。

「拙者は、物部総十郎という旅の剣客にございます！　ただ今故《ゆえ》あって、こちらにご厄介になっております！　あ、あなた様は、さぞかし名のある山の神とお見受けいたしますが……」

「おっ、見る目があるな、お主」急に機嫌をよくして、槐は胸を張る。「妾は、偉大なる鬼で、今は槐と名乗っておる。特別にお主も綺翠たちを倣《なら》って呼び捨てでよいぞ」

気分がいいのか、まるで子どものように無邪気な笑みを浮かべるが、対する総十郎の表情は固い。

おそらく鬼を初めて見たのだろう。だが、妾は見たことがなくともその恐ろしさは誰もが知るものだ。敵味方もわからぬこの状況で、緊張するなというほうが無理な話だ。

総十郎からの反応がないためか、退屈そうに肩を竦《すく》めて槐は綺翠に向き直る。

「して綺翠、突然何用じゃ。妾はこう見えて忙しい」

「寝ていたのでしょう？」

「だから寝るので忙しい」

綺翠は呆《あき》れたようにため息を吐くが、すぐに人間の常識が通じる相手ではないと思ったのかあっさり本題に入る。

「実はちょっと試《ため》し斬《ぎ》りに付き合ってもらいたくて――」

「き、綺翠様！」慌《あわ》てたように総十郎が割って入った。「いくら何でも……それは無体というもの！　確かに鬼は恐ろしい怪異と聞き及びますが、だからと言って無闇に切り捨てては、辻斬りも同じでしょう！」

どうやら総十郎は大きな誤解をしているらしい。もっとも、彼にしてみれば綺翠は〈幽世〉最強の剣客で、怪異退治の専門家なのだから、その誤解はあながち間違ってもいないのだけれども……。

どう説明すればよいか、空洞淵は困ったように眉《まゆ》を顰《ひそ》める綺翠と顔を見合わせる。

「何じゃ、お主。ひょっとして、妾のことを心配してくれておるのか？」

珍しいものでも見るように槐は首を傾げて総十郎の顔を覗《のぞ》き込む。多少気圧《けお》された様子ながらも総十郎は、はいと頷いた。すると槐は、カカ、と嬉しそうに破顔した。

「何ともはや面妖《めんよう》な。この妾が、年端《としは》も行かぬ小僧っ子に心配されるとは。総十郎よ。

お主、いい子じゃな。大変気に入ったぞ。顔も女子のように愛らしゅうて妾好みじゃ。穂澄の婿《むこ》になるつもりならば、特別に許してやろう」

「は……婿……？」

突然の話題に目を白黒させる総十郎。真っ青だった顔色が、一気に赤くなる。

しかしそんな変化も槐の目を楽しませるだけだったようで、鬼の童女はますます上機嫌に、

「なに、心配には及ばぬ。そこで大人しく見ておれ」

と、綺翠の前に立った。どうやら試し斬りに付き合ってくれるようだ。空洞淵は黙ってなりゆきを見守る。

綺翠は珍しく刀を上段に構えた。腕を振り上げたままぴたりと一度動きを止め、それから一息で振り下ろし、槐の頭頂部に唐竹割りを見舞う。

――ゴチン。

およそ刀で斬りつけたとは思えない鈍い音が響き渡る。

しかし、斬られたはずの槐は――傷一つ付いておらず、けろりとしている。

概《おおむ》ね空洞淵の想像していたとおりの結果となり、胸をなで下ろす。実は以前にも同じような光景を見ており、そのときは怪異祓いに特化した綺翠の愛刀での一撃さえも、

「あいたぁ！」の一言で済ませて無傷だった。ならば、綺翠の愛刀より数段劣る〈無刃刀〉での一撃で、槐をどうこうできるはずもないことは目に見えている。

恐ろしいものでも見たような顔で表情を強《こわ》ばらせている総十郎だったが、斬りつけられた槐もまた意外そうに目を丸くしていた。

「……何じゃ、その珍妙な刀は？　刃が付いておらぬのか？　ならそれはもう刀ではなく、ただの棒なのではないか？」

鋭い指摘。概ね同意見のため空洞淵も反論できない。

「斬られた感じはどう？　普通の刀とは違う？」と綺翠。

「うーむ……」小難しげな顔で頭頂部を擦る。「眠っているとき、蝶々《ちょうちょう》が頭に止まった、程度の感触じゃな。普通の刀では何も感じぬから、違うと言えば違うのかもしれぬが……妾にしてみれば、団栗《どんぐり》の背比べじゃな」

まあ、あの感じではそうだろうな、と空洞淵も察しは付いていた。

綺翠は何とも言えない顔をして、再び刀身をしげしげと眺める。

「やっぱり霊力は通っているけど、ただそれだけという感じ。感染怪異くらいなら、頑張れば祓えるかもしれないけど……総十郎くんにどうこうできる代物《しろもの》ではなさそうね。ひょっとしたら、私みたいな神威を纏《まと》うやり方じゃなく、もっと別の方法で刀の力を覚醒《かくせい》させるのかも」

「別の方法？」空洞淵は尋ねる。

「ええ。具体的にそれがどういうものなのかはわからないけれども……少なくともこの刀が妖刀であることは間違いないのだから、真の力を引き出す何らかの手段はあるはず」

妖刀と聞いて空洞淵が想像するのは、人の生き血を啜《すす》り強化されていく、といったような物騒なものばかりだったが、そもそも刃が付いていない以上、誰かを傷つけて覚醒するということはない気がする。

あるいは、物部家に代々伝えられてきたならば、一族だけがこの刀の真の力を引き出せるということも十分に考えられる。

いずれにせよ今は、総十郎の剣の腕を鍛えるのが問題解決の近道ということなのだろうか。

何とはなしに釈然としないものを抱きながらも、空洞淵はそう結論づける。

そこで槐が再び大あくびを浮かべた。

「用は済んだか。ならば妾はもう寝るぞ。以後、斯様《かよう》な雑事に妾を呼びつけぬようにな」

返事も待たずに茂みに向かって歩いて行くが、途中で何かを思い出したように足を止めて振り返った。

「それと……総十郎や」

「は、はい！」

まさか名指しで呼ばれるとは思っていなかったのか、声を裏返して背筋を伸ばす総十郎。槐は、総十郎の頭の上から足下までをゆっくりと眺めてから、声を低くして言った。

「お主──死相が出ておる」

「……え？」

「何があったかは知らぬが、そのままでは一月も保たず死ぬぞ。養生しろ」

それだけ言うと、鬼は呼び止める声も無視して茂みの奥へと消えていった。

死相──。

空洞淵には、具体的にそれがどういうものなのかもよくわからなかったが、彼に残された時間があまりないことだけは、脈状から察している。

しばしの沈黙の後、総十郎は重たい口を開く。

「──咳《せき》も治まりました。稽古の再開をお願いできますか、綺翠様」

綺翠は少し考えてから、そうね、とだけ答えて〈無刃刀〉を総十郎に返した。

8

それから五日ほど稽古の日々が続いたのだが……。

稽古を開始してちょうど一週間が経《た》ったとき。朝稽古の最中、総十郎はついに限界を迎えたように倒れた。

様子を見守っていた空洞淵は慌てて駆け寄り介抱するが、これ以上の稽古は不可能と判断し、ぐったりとした彼を早々に客間へ運んだ。

布団《ふとん》の上に横たえて脈を診るが、すでに生きているのが不思議なほど衰弱しきっていた。

ここ数日の稽古で総十郎は、素人《しろうと》の空洞淵から見ても目を見張るほどの成長を見せていたので、なんとかなるのではないかという淡い期待を抱いていたのだけれども……その成長の裏では、やはり身体《からだ》への負担が蓄積していたらしい。少なくとも空洞淵が見ている範囲では、無理は絶対にさせないようにしていたはずなのに……。これでは薬師《くすし》失格だ、と総十郎への申し訳なさで自己嫌悪《けんお》に陥る。

「お兄ちゃん！　総くん倒れたんだって⁉」

朝食の準備の途中だったのか、穂澄がエプロン姿で客間に飛び込んでくる。今にも泣き出しそうな表情。近頃は大分二人が打ち解けてきていたようだったので、一層彼のことが心配なのだろう。空洞淵は不安げな上目遣いを向けてくる穂澄の肩にそっと手を置く。

「今は眠ってるよ。よかったら総十郎さんの側にいてあげてくれないかな。目を覚ましたとき、穂澄が近くにいたらきっと喜ぶと思うから」

「……うん」涙を堪《こら》えるように穂澄は頷く。「あのね……お兄ちゃん」

「どうしたの？」

「私……お兄ちゃんに謝らないといけないことがあって……」

急にどうしたのだろうか。しかし、今言い出したということは、総十郎に関係することのはずだ。空洞淵は黙って先を促す。

「実は……みんなが寝静まったあと……総くん、外で内緒の稽古してたみたいなの」

「……それ本当？」

「うん……。こっそり母屋《おもや》を出て行くところをたまたま見掛けちゃって……。声を掛けようとも思ったんだけど、何か様子がおかしかったから……」

「どんな様子だったの？」

「すごい怖い顔してた。何だか思い詰めてるみたいで……だから私、総くんが秘密にしたいんだと思って黙ってて……でも、そのせいで……！」

堪えきれなくなったのか、ついに大粒の涙を零《こぼ》す穂澄。

「穂澄が責任を感じることじゃないよ」優しく言って、空洞淵は穂澄の頭を撫《な》でる。

「これは僕の見込みが甘かったせいだ。簡単に予想できたはずなのに、対策を怠った」

総十郎があまりにも聞き分けがよすぎたので見誤ってしまったが……冷静に考えてみれば、稽古の時間が限られている総十郎が空洞淵たちに内緒で一人特訓するのは、容易に想像できたことだ。

思い返せば、上達の速度が予想外に速かったのも、隠れて練習していたからなのだろう。それほどまでに思い詰めていたことを見抜けなかったのは、彼の稽古を許可した空洞淵の落ち度だ。

そのせいで練習量を超過して、必要以上に身体への負担を増やしてしまっていたとしたら——元より身体はとうに限界だったのだから倒れてしまって当然だ。

……もっとも、責任の所在を明らかにしたところで、今は何の気休めにもならないのだけれども。

空洞淵は穂澄の涙をそっと拭《ぬぐ》う。

「あとは僕と綺翠でどうにかするから、総十郎さんのこと見ててあげてね」

「……うん。総くんのこと、助けてあげてください……！」

穂澄の懇願を心に留めて、空洞淵は客間を後にした。そのまま居間へ向かうと、綺翠が神妙な顔で待っていた。卓袱台《ちゃぶだい》の上には、おにぎりとみそ汁が置かれている。そういえば朝食もまだだったと今になって思い出した。

「穂澄から支度を引き継いだのだけど、簡単に食べられたほうがいいと思っておにぎりにしたわ」

「気を遣ってくれてありがとう。正直今はありがたいよ」

卓袱台に着き、早速食べ始める。しばし、二人とも無言で食べ進めるが、その途中で意を決したように綺翠が口を開いた。

「……総十郎くんの容体は、どう？」

「正直に言うとあまり芳《かんば》しくない」

隠しても仕方がないので事実を告げる。夜中に一人で稽古をしていたらしいことも話すと、綺翠は困ったようにため息を吐いた。

「もう少し……稽古の方法を考えてあげるべきだったわね。人に何かを教えるというのは……本当に難しいわ」

「綺翠の責任じゃないよ。ただ、こうなってしまった以上は、一刻も早く総十郎さんに呪《のろ》いを掛けた例の剣客を見つけ出して、呪いを解かないといけないけど……」

話の途中で空洞淵は言い淀《よど》んでしまう。

総十郎の仇《かたき》である剣客を見つけ出す――。

実は辻《つじ》斬りの話を聞いて以降、空洞淵たちもただ状況を見守っていたわけではない。

基本的には、総十郎に仇討ちをさせてやる方針ではあったが、彼が強くなるまで街で辻斬りを行っている謎の剣客をただ放置することもできず、情報収集も兼ねた夜廻りを行っていたのだ。

この夜廻りには、総十郎は同行させていない。日中の稽古でもう彼は疲れ果てていたし、仮に同行させたところでいずれにせよ現時点の実力では仇討ちなど果たせないと綺翠が判断したためだ。

もちろんこれは総十郎も同意していた。実際に街に被害が出ている以上、自分の都合でそれを放置することなどできませぬ、とむしろ彼のほうから提案があったほどだ。

無論、総十郎とて可能であれば自らの手で仇を討ちたいとは思っているのだろうが……これればかりは、どうしようもない。

だから、夜廻りの際に例の剣客を発見した場合、必要に応じて綺翠が戦うことになっていたのだけれども……結局今日に至るまで、辻斬りを行っている剣客の情報は何も手に入っていない。ただ困ったことに、被害者はさらに二名ほど出ていた。どうやら空洞淵たちの夜廻りが終わった後に辻斬りが起きているようで……。

杳《よう》として姿を現さない謎の剣客に、不気味さと不安を覚え始めていた矢先――ついに総十郎が倒れてのっぴきならない状況になってしまった。

つまり、一刻の猶予《ゆうよ》もない事態であるにもかかわらず、情報は何もないということ。このままでは、ただ総十郎の死を待つことしかできない。

暗澹《あんたん》たる気持ちを抱えながら、軽めの食事を済ませる。

食後のお茶を飲みながら、ようやく多少はまともに働くようになってきた頭で建設的な思考を試みる。

「――とにかく、一旦少しこれまでの情報をまとめてみようか。見過ごしていることもあるかもしれないし……それに、どうも何か引っ掛かるんだ」

「引っ掛かる？」

「うん。何だか最初からずっと、妙な違和感があるというか……」

違和感はあるものの、その具体的な内容まではわかっていない。空洞淵は改めて頭の中のこれまでの情報を整理していき、その糸口を摑《つか》む。

「ものすごく根本的なことなんだけど……咳の〈呪い〉って、割と意味不明だなって思うんだ」

意表を突かれたように綺翠は目を丸くした。

「それは……言われてみればそのとおりね。〈呪い〉というのは、もっと明確に相手を害するのが一般的だけど……咳をさせて相手を衰弱させる、というのは、あまりにも回りくどすぎるわね。別に、咳なんてさせなくても、呪いで相手を衰弱させて殺すことはできるはずなのに」

「そうだよね。またこれに関係してもう一つ気になってるのが、総十郎さんのお父さんも同じような咳の〈呪い〉を受けていることだ。共通する特徴を持っていることから、両者を襲った者は同一である可能性が高いことはわかるけど……逆に明確な相違点もある」

「総十郎くんのお父さんは、お腹《なか》を斬られたけど、総十郎くんは無傷だったところね」

すぐさま空洞淵の言わんとすることを理解して相違点を挙げてくれる綺翠。このあたりはもう、阿吽《あうん》の呼吸に近い。

「そう、その違いもよくわからない。斬って殺せるなら、そもそも咳の〈呪い〉なんてものを付与する必要がない。つまり、何のために〈呪い〉を付与しているのかが今ひとつ不明瞭《ふめいりよう》なんだ」

相手を害するために〈呪い〉というものは存在する。だが、そもそも刀で斬るという直接的な被害を与えられるのであれば、わざわざ〈呪い〉などという不確かなものを使う意味はほぼない。

つまり、〈呪い〉が余計でしかない。

その割には、今回の騒動の中心に居座っているので、収まりの悪さに違和感を抱いてしまっているのかもしれない。

「それに、街で騒ぎになっている辻斬りもよくわからないね。斬られた人は皆、身体に傷一つ負わずただ寝込むだけだ。何らかの〈呪い〉が付与されているわけではない。状況的に考えれば、この辻斬りを行っているのは総十郎さんを襲った謎の剣客である可能性が高いわけだけど……それにしては、何がしたいのかよくわからない。もしかしたら、〈呪い〉とは無関係に、ただ生命力のようなものを奪うことが目的なのかもしれないけど……」

総十郎が極楽街にやって来た頃合いを見計らって現れているところから、彼を追ってきたのではないか、と当初は思っていたが……。そうであるならば、彼が神社に逗《とう》留《りゅう》し始めて早一週間、何の接触もないというのは不可解だ。

「……何だか、すべての要素がちぐはぐで気持ち悪いわ」

不気味そうに二の腕を擦る綺翠。

ちぐはぐ――そう、ちぐはぐなのだ。

すべての要素がそれぞれ微妙にずれている。

腹部を斬られて、〈呪い〉も受けた父親。

斬られたものの傷一つなく、〈呪い〉だけ受けた総十郎。

斬られたものの傷一つなく、体力だけを奪われた辻斬りの被害者たち。

騒動の中身がやはり絶妙に食い違っている。

だが、状況的に見ればこれらは一連の騒動と考えるべきで、ならばこのちぐはぐには必ず何らかの意味がある。

いったい何故――と首を捻ったところで、空洞淵はぴたりと動きを止めた。

脳裏に一瞬だけ閃《ひらめ》いたのは、ずっと頭の片隅で燻《くすぶ》っていた違和感の正体。空洞淵はようやくそれに思い至った。

「――ひょっとしたら、『謎の剣客』なんて初めから存在しなかったのかも」

「……え？」不思議そうに綺翠は目を丸くした。「でも、総十郎くんの話では、お父さんは剣客にお腹を斬られて――」

「実際に総十郎さんが、お父さんが謎の剣客に斬られるところを見たわけじゃない。彼はあくまでも、お腹を斬られて倒れていた父親を見ただけだ」

「そういえば……総十郎くんの話でも、お父さんは剣客のことではなく、ただ〈呪い〉とだけ告げたのだったかしら」

総十郎の言葉を思い出す。

『父は……息も絶え絶えに〈呪い〉とだけ口にしました』

今になって思えば、これは少しおかしい。

総十郎の父は、まさに今、腹部を斬られるという致命傷を負ったばかりだったはず。自分を襲った犯人がまだ近くにいるかもしれないのに、何故幼い総十郎に逃げろと伝えなかったのだろうか。

何が起きたとか、犯人の特徴とか、総十郎に伝えるべきことはたくさんあったはずなのに、何故《なぜ》〈呪い〉などというやや的外れな発言をしたのか。

もちろん、実際に肺を病む〈呪い〉も受けていたようなので、その発言が絶対に間違っているというわけではないけれども……。

自分が〈呪い〉ではなく、腹部の傷で死ぬことくらい剣客であったならば容易に想像できたはず。それならば幼い一人息子の安全のためにも、もっと有用な発言はいくらでもあると思う。

綺翠の表情が徐々に険しくなっていく。

「……待って。ということは、総十郎くんのお父さんは、誰にも襲われていないの？」

空洞淵は神妙に頷いた。

この推理がどのような結論に至るかは、空洞淵もまだわかっていなかったが……それでも一歩ずつ前へ進んでいくしかない。

「状況的には、そう考えるのが自然だね。ちなみに、僕は専門じゃないからよくわからないんだけど……対峙《たいじ》する相手の腹部を、横一文字に切り裂くというのは剣術においてよくあることなの？」

「……実戦ではあまりないわね」今さら気づいた様子で綺翠は眉を顰める。「横薙《よこな》ぎ、つまり胴を狙《ねら》った一撃が浅く入った、という状況はあり得るけど……そんな隙《すき》だらけの攻撃、普通なら外した時点で反撃されてお終《しま》いよ。両者正眼で構えたなら、踏み込みで威力が乗りやすく、かつ直線的で隙の少ない唐竹、袈裟《けさ》斬り、逆袈裟の三種でほぼ決まり。どれだけ激しい斬り合いにもつれ込んでも、決まり手はやっぱりこの三種が大半だわ。だから、もし誰かに襲われたのではなく、その上でお腹に横一文字の刀傷があったなら――」

綺翠はごくりと唾《つば》を呑《の》む。

「……切腹の可能性が高いわね」

切腹。つまり、自分で自分の腹を切った。

総十郎の父が持っていた〈無刃刀〉には、刃が付いていないので何かを斬ることはできない。だから腹を切ったのは……きっと、先日総十郎が形見だと言っていたあの短刀だったのだろう。

だが、そもそも旅の途中で自分の腹を切るという状況があまりにも異常だ。意味不明とさえ言っていい。それならばまだ、謎の剣客に襲われたと考えるほうが常識的だ。

それでも空洞淵は、直感でこの推理の道筋は正しいと思った。

逸《はや》る思考を必死に抑えながら、一歩ずつ丁寧に論理を紡《つむ》いでいく。

「そう考えると、一連の騒動の真の共通項は、謎の剣客ではなくむしろ――刀になる」

総十郎の父が切腹したとき、当然愛刀は腰に帯びていたはず。

総十郎が謎の剣士に襲われたときも、愛刀で応戦している。

そして辻斬りの被害者たちは、皆刀で斬られたと証言している。

今回の騒動の中心にあるのは、いつだって刀だった。

「……逆に謎の剣客が絡《から》んだ二つの出来事の共通点が際立《きわだ》ってくるわね」

「うん。総十郎さんも、辻斬りの被害者も、斬られたと思ったのに身体には傷一つ付いていなかった。〈呪い〉を掛けられた総十郎さんと、体力を奪われた辻斬りの被害者たちという違いはあるけど、両者の共通点は無視できない」

〈呪い〉を付与したり、体力を奪ったりするのだから、少なくとも用いられた刀は妖《よう》刀《とう》の類《たぐい》だろう。あの〈死神〉でさえ、自身が怪異でありながらも妖刀を用いて魂狩りをしていたほどなのだから、それは確実と見ていい。

刀……妖刀……。

この一件には、すでに〈無刃刀〉という妖刀が登場しているが……果たしてそれは偶然なのか。

「極論を言うけれども……辻斬りの正体が、総十郎くん、ということはないかしら」

空洞淵の頭にも一瞬過《よぎ》った仮説を口にする綺翠。確かにそう考えれば、複数本の妖刀を考えなくていいので、話が単純になる。

「う──ん……可能性としてなくはないと思うけど……。それだと今度は総十郎さんの一連の行動の意味がわからなくなるよね」

辻斬りの正体が総十郎であるとするならば、総十郎が謎の剣客に襲われて〈呪い〉を受けたという彼の証言の信憑性《しんぴょうせい》も怪しくなってくる。

だが、彼が実際に肺を病み、ほとんど瀕死《ひんし》の状態になっているのは紛れもない事実だ。そして、彼が父の仇を討つために、謎の剣客の行方を捜し、そして綺翠に指導を願い出たことには、一つの嘘《うそ》もなかったように思う。

少なくとも空洞淵は、彼の信念に一点の曇りも見出《みいだ》せなかった。

そもそもすべてが嘘ならば、瀕死の身体に鞭《むち》打って、綺翠から稽古を受ける意味もないわけで……。

やはりそれはそれでちぐはぐな印象を受けてしまう。

ただ、総十郎が辻斬りの正体だとすると、ここ数日、空洞淵たちの夜廻りと辻斬りがすれ違っていたことにも説明が付いてしまうのでそういう意味でも都合がいい。空洞淵と綺翠が夜廻りに出ているとき、総十郎は神社で穂澄と留守番をしていたのだから、辻斬りなどできるわけがないし、その後、深夜皆が寝静まったあとでこっそりと外に出ていたことも、稽古のためではなく辻斬りのためだったとすれば筋は通る。

でも……やはり空洞淵は、総十郎の真面目で誠実な性格が演技だったとは思えないし、そう思いたくもなかった。

あと可能性として考えられるのは、総十郎自身はすべて真実の行動をとっていて、それとは別に無意識で辻斬りを行っているということくらいだけれども……そんなことがあり得るのだろうか。

そこまで考えたとき、ある閃きによって一気に背筋が冷たくなった。

総十郎曰《いわ》く、父は腹の傷と〈呪い〉に苦しみながらも、総十郎の将来を案じていたらしい。総十郎に、剣客ではない別の生き方をしてほしかったのか、『刀を捨てろ』と何度も言っていたと――。

刀を捨てる。確かにそれは、剣客としての生き方を捨てることと同義だ。だから、総十郎が瀕死の父からそう言われ、将来を案じてもらったと感じるのは極めて自然な反応だ。

だが、もし――言葉どおりの意味で言っていたとしたら？

空洞淵の頭の中で、これまでただ茫洋《ぼうよう》と揺蕩《たゆた》っていた様々な要素が、一気に繋がって一つの像を結ぶ。

父の切腹。総十郎の呪い。街の辻斬り。

ほとんど反射的に空洞淵は立ち上がる。

「きゅ、急にどうしたの空洞淵くん？」

戸惑いを滲《にじ》ませる綺翠に、空洞淵は早口で必要なことだけを捲《まく》し立てた。

「総十郎さんは妖刀に生命力を吸われ、操られてたんだ！　穂澄が危ない！」

空洞淵の言葉を咀嚼《そしゃく》するように一瞬惚《ほう》ける綺翠だったが、すぐに自分のなすべきことに気づいたのか、傍らに置かれていた愛刀を引っ摑みそのまま居間を飛び出して行った。

慌てて空洞淵もその背中を追う。向かう先は、当然穂澄と総十郎のいる客間だ。

綺翠は廊下に面した客間の障子を勢いよく開け放ち、叫ぶ。

「穂澄、逃げて！」

え？　と驚いた顔を向ける穂澄。彼女は、布団の上に横たわる総十郎の側に座っていた。空洞淵が客間を出るまえと同じ状況だ。どうやら間に合ったようだ——空洞淵が胸を撫で下ろしたそのとき。

穂澄の背後で、総十郎はむくりと上体を起こした。

両眼が真っ赤に充血しており、焦点が合っていないようにも見える。明らかに尋常の状態ではない。

こちらを向いている穂澄はまだ異変に気づかない。

総十郎は枕元《まくらもと》に置かれた〈無刃刀〉を無造作に摑み、音もなく抜き放った。

鈍色《にびいろ》の刀身は、ぬらりと淫靡《いんび》に光を反射する。

以前見たときよりも、この世ならざる気配が強い。まるで、霊力を解放した綺翠の〈御巫影断〉のように——。

気配に圧倒され、立ち尽くす空洞淵。

そのとき純白の風が通り抜けた。

綺翠だ。

目にも留まらぬ速さで疾駆した綺翠は、穂澄に振り下ろさんと刀を振りかぶる総十郎の襟首を右手で摑むと、一切の容赦なく思い切り力任せに裏庭へ向かって投げ飛ばした。

まるで紙切れが風に吹かれるように、軽々と総十郎の身体は宙を舞い裏庭へ放り出される。華奢《きゃしゃ》な綺翠からは考えられないほどの膂力《りょりょく》。おそらくすでに何らかの神の力を借り受けているのだろう。

ごろごろと土の上を転がりながらも、切先を地面に突き立て総十郎は体勢を立て直す。

「お姉ちゃん！　お願いやめて！　総くんが死んじゃう！」

状況がわかっていない穂澄は悲痛な声で叫んだ。

「総十郎さんは、あの刀に操られてるんだ。早くどうにかしないと、それこそ本当に取り返しが付かなくなる」

穂澄を庇《かば》うように前へ進み出る空洞淵。

しかし、具体的にどのようにすれば総十郎を救えるのか。総十郎が、あの妖刀によって操られていることはもはや確実だったが、彼自身は感染怪異でも根源怪異でもない。それはつまり、これまでのように『祓う』対象となる明確な目標が存在しないことになる。

強いて一つだけ挙げるとするならば、刀の物理的な破壊くらいだが……刃の付いていない〈無刃刀〉は、普通の刀より頑丈だ。

刃は、斬ることを可能とする強力な特性を持ちながら、同時に薄く細い脆弱《ぜいじゃく》部位でもある。ならばいくら〈御巫影断〉が宝刀と呼ばれるほどの名刀であったとしても、打ち合いで破壊することはできないはず。

空洞淵が解決策も見出せないまま、綺翠と総十郎は激しくぶつかる。金属の擦れ合う耳障《みみざわ》りな音が響き渡る。

文字どおり火花を散らす鍔迫《つばぜ》り合い。

徐々に押し潰《つぶ》されるように重心を落としていく綺翠。神の力を借りているはずなのに、力負けしてしまっている。単純な腕力とはいえ、神を纏う綺翠を凌《しの》ぐほどの力を、怪異でもない総十郎の妖刀が持っているというのは信じがたい光景だった。

このままでは、綺翠が負けてしまう——。

焦《あせ》る空洞淵だったが、対照的に綺翠はとても冷静だった。

ここぞという最高の機を狙って足払いを仕掛けると、為《な》す術《すべ》なく総十郎は体勢を崩す。その隙に綺翠は、距離を取った。

にらみ合いながらも、両者は動けず構えたまま静止する。

警戒する綺翠が動けないのはわかるが、間合いでも力でも優位な総十郎が動かないのは何故——と一瞬悩むがすぐにその答えに気づく。

確かに、綺翠の小太刀と総十郎の打刀では、打刀のほうが長い分、間合いの優位があるが、先ほどのように鍔迫り合い——つまり、懐《ふところ》に入られてしまったら、逆に短い小太刀のほうが小回りが利《き》いて有利に働いてしまう。

先ほどは力押しでどうにか力の均衡を保てたが、次にそれが上手くいく保証などこにもないのだから、総十郎が軽々に斬りかかれないのも当然だ。

竹刀《しない》同士の稽古《けいこ》でならば、それでも速度で近接の不利を埋められていたが、さすがに重たい真剣での立ち会いでは難しいと考えているのだろう。賢明な判断だと思う。

だが、このままいつまでも睨《にら》み合いを続けるわけにもいかない。

総十郎――妖刀の目的は、この場から逃げ出すことのはず。

辻斬りの件から察するに、おそらく他者の生命力を原動力としているのだろう。元来は刀の持ち主から生命力を奪っていたが、総十郎の生命力がほとんど枯渇《こかつ》してしまったので、仕方なく彼の身体を操り街の住民から生命力を奪っていたというところか。

この戦闘が長引けば、蓄えられた生命力に限りがある分、妖刀が不利になる。

いったいどうするのか――。

緊張のあまり空洞淵が生唾を飲み込んだそのとき。

再び総十郎が踏み込み、目にも留まらぬ速さで斬り掛かる。

だが、今度は不用意に間合いを詰めない。切先《きっさき》が届くぎりぎりのところで、鋭い斬《ざん》撃《げき》を繰り出している。綺翠にとってはぎりぎり間合いの外。止《や》むなく綺翠は斬撃を捌《さば》いて凌いでいる。さすがにやりにくいのか、いつもの無表情には焦りの感情が覗いている。

それにしても……素人の空洞淵が傍で見ていても、総十郎の剣筋は見事だと思う。

その体捌きにはどこか綺翠の面影があり、彼女の稽古がしっかりと反映されていることが窺《うかが》える。

元から才能のあった総十郎が、綺翠の稽古によって覚醒したのだろうか。

もしそうだとするならば、この危機的状況は彼女との稽古を取り付けた空洞淵の責任ということになる。綺翠は、自らの手で強大な敵を生み出してしまった……。

自責の念で押し潰されそうになるが、空洞淵にできることなど何もない。今はただ、黙って二人の剣戟《けんげき》を見守ることしかできないのだから――。

総十郎の剣戟は、ますます鋭さを増していく。まるで戦いの中でも成長しているようだ。

目を見張るばかりの激しい打ち合い。綺翠は防戦一方で、このまま続けたらいずれ押し負けてしまう――。

そんなふうに思ったまさにそのとき。

――掛《か》けまくも畏《かしこ》き　伊邪那岐大神《いざなぎのおほかみ》
突如、綺翠は祝詞を奏上し始めた。

激しく刀が打ち合わされる金属音の嵐《あらし》の中でも、綺翠の声は空洞淵の耳へ確かに届く。

そして、祝詞の奏上とともに綺翠の動きが明らかに変わった。

——筑紫《つくし》の日《ひ》向《むか》の橘《たちばなの》小戸《をど》の阿《あ》波《は》岐《ぎ》原《はら》に
高速の連撃に押され、防戦一方だったはずなのに、今はまるで舞うような鮮やかさで苦もなく総十郎の攻撃を捌いている。

総十郎の剣筋は鋭くなるばかりだというのに、ひらひらと、くるくると、綺翠は流麗に舞う。

——御禊祓《みそぎはら》へ給《たま》ひし時《とき》に生《な》り坐《ま》せる祓戸《はらへど》の大神等《おほかみたち》
右手の宝刀は淡い輝きを放ち始める。

それに伴い、底冷えするほどの清澄な空気が周囲に満ちていく。

ここは神社の境内——すなわち聖域だ。

邪悪なるものの一切の存在を、神は許さない。

――諸諸《もろもろ》の禍事《まがごと》　罪《つみ》　穢有《けがれあ》らむをば

自らの危機にようやく気づいたのか、総十郎――妖刀の斬撃はますます苛烈《かれつ》さを増していく。加速する剣筋。すでに彼らの戦いは空洞淵の動体視力では捉《とら》えきれない領域に至っている。目にも留まらぬ無数の斬撃が綺翠の身体に襲い掛かるが……しかし、そのすべてが彼女の身体を捉えるに至らない。

圧倒的な実力差。

これはもはや戦闘ではなく――剣舞だ。

――祓《はら》へ給《たま》ひ　清《きよ》め給《たま》へと白《まを》す事《こと》を聞《き》こし食《め》せと

永遠に眺めていたいと思わせる剣舞にもやがて終わりは訪れる。

それは荘厳で幽玄で霊妙な、神の気配を宿して――。

――恐《かしこ》み恐《かしこ》みも白《まを》す

斯《か》くして、祝詞の奏上は完了する。

綺翠の右手に握られた〈御巫影断・真打ち〉の刀身は、黄金《こがね》色の輝きを放っている。

宝刀の完全解放。春先の騒動以来、実に半年ぶりの神技に心が奮い立つが、しかし、そもそも怪異ではない妖刀相手には何の意味もないような気もする。

いったい綺翠は何を考えているのか――。固唾《かたず》を呑んで見守る空洞淵の前で、なんと綺翠は突如納刀した。

当然、妖刀の激しい攻撃は続いている。彼女はその身一つで、荒ぶる斬撃をすべて躱《かわ》していく。

あまりにも埒外《らちがい》な光景。一歩間違えれば、綺翠が大怪我《おおけが》を負うという状況に、空洞淵は生きた心地がしなかった。

何を考えているかはさっぱりわからなかったが、とにかく早く何とかしてくれ――。

祈るような願いに応《こた》えるように、綺翠は小さく呟《つぶや》いた。

「――御巫流剣術居合い」

え？　と空洞淵が間の抜けた声を上げようとした次の瞬間。

すでに綺翠は、小太刀を振り抜いていた。

朝日を受けて眩《まばゆ》い輝きを放つ刀身が、天を裂くように掲げられる。

何が起きたのかわからず惚ける空洞淵。だが、目の前に飛来してきた何かが地面に転がり、甲高い金属音を奏《かな》でたことですぐに正気に戻る。

足下を見やると……そこには日本刀の欠片《かけら》が無造作に転がっていた。切先から中程までで綺麗に分かたれている。

綺翠の小太刀は健在であるので……これは当然、妖刀の一部ということになる。つまり綺翠は、刃の付いていない頑丈な日本刀を問答無用で一刀両断したのだ。

それも、己が剣技のみで――。

綺翠が尋常ならざる力を発揮するところは、これまで何度も見てきたが……今回ばかりは物理的に不可能であると思っていただけに、俄《にわか》に信じがたい。

刀を斬られた総十郎が、糸を切られた操り人形のようにその場にくたりと頽《くずお》れた。

空洞淵と穂澄は、慌てて総十郎に駆け寄る。すぐに抱き起こして脈を確認するが、命に別状はなさそうだ。

空洞淵と穂澄が顔を見合わせて胸をなで下ろしているところに、鞘《さや》に小太刀を納めた綺翠が悠々とした足取りで歩み寄る。

「その様子だと大丈夫そうね。よかったわ、正直刀を破壊して総十郎くんに影響がないかどうかは一か八かだったから」

「あの、お姉ちゃん……？　総くんは、本当にもう大丈夫なの……？」

「ええ。呪いは解けたわ。あとは……その子の生命力を信じるだけよ」

「……わかった。お姉ちゃん、総くんを助けてくれて、本当にありがとう……！」

涙目になる穂澄。綺翠は、いいのよ、と答えて妹の頭をそっと撫でた。

一件落着ではあったが、空洞淵は自分が今見たものが何だったのかまだ理解できないでいた。

「綺翠、今のは……？」

「――〈零式空絶《れいしきからたち》〉」

ふう、と小さく息を吐く。

「空洞淵くんには、以前普通の〈空絶〉を見せたことがあったわね。これは本来、遠く離れた対象を、認知の力で切断する技なのだけど……。その『認知の力で切断する』能力を刀身に纏わせることもできるの。理屈の上では、この世に存在するあらゆるものを一方的に切断することができるわ」

「…………」

とんでもないことをさらりと言う綺翠。物理法則を無視しすぎていて、もはや畏敬《いけい》の念すら覚えてしまう。

「ただとにかく瞬間的に凄《すさ》まじい力が出るので、下手をしたら妖刀を握る総十郎くんの両腕も粉微塵《こなみじん》にしてしまうかもしれないと危惧《きぐ》していたのだけど……」

綺翠はちらとぐったりと意識を失った総十郎を見やる。空洞淵も釣られて見るが、少なくとも彼の両手は健在だ。

「脱力のおかげで、力が掛かった瞬間に柄から手を離したのね。私の教えがちゃんと身になっていたみたい。偉いわ」

我が子を褒める母のような優しい眼差《まなざ》しで、綺翠は微笑《ほほえ》む。

脱力——確かに綺翠は再三に渡り、脱力が重要だと総十郎に説いていた。

ならば総十郎は、稽古をしたおかげで、大きな怪我を負わずに済んだということか。

巡り合わせというものはわからないものだ。

問題が解決したのであれば、とにかくすぐに総十郎を布団へ戻して、看病しなければならない。空洞淵は、穂澄と協力して総十郎を抱え起こすと、彼の身体を再び客間の布団へ運んだ。

9

その後総十郎は、三日ほど生死の境を彷徨《さまよ》い続け、そして四日目の朝、奇跡的に意識を取り戻した。生命力を奪っていた妖刀を失ったことで、何とか命を繋《つな》ぎ止めたのだ。

不寝《ねず》の看護を続けていた穂澄は、総十郎の無事を知ると安堵《あんど》したように今度は自分が深い眠りに就いてしまった。

代わりに総十郎の様子を見ている空洞淵は、何も知らない彼に事情を説明する。

すべてはあの妖刀〈無刃刀〉が起こした悲劇だったのだと――。

「総十郎さんのお父さんは、〈無刃刀〉の危険性に気づいたんだ。でも……何もかもが遅かった。生命力を吸い取られて、ついには自分自身さえも乗っ取られそうになったところで……このままでは総十郎さんも手に掛けてしまうおそれがあると気づき、恐るべき精神力で〈無刃刀〉の支配から脱却して……自害を選んだんだ」

「……父上」布団に横たわったまま、総十郎は悲しげに呟く。「仇の剣客など……初めからいなかったのですね。拙者が襲われたと思っていたものは……〈無刃刀〉が見せた幻影だったと」

自分に言い聞かせるように呟いてから、総十郎はすぐに疑問を口にする。

「しかし……それならば、〈呪い〉とはいったい何だったのでしょうか。父も拙者も……何故、肺臓を病んでしまったのでしょう？」

そう、それが今回の騒動をもっともややこしくしていた原因だ。空洞淵は神妙な顔で答えた。

「〈呪い〉の正体は――おそらく日和見感染症による肺炎だ」

「……ひよりみ？」

総十郎は聞きなじみがない様子で反復した。


――日和見感染症。

何らかの理由により免疫力《めんえきりょく》が低下した状態が続くと、通常ではほとんど問題にならないような弱毒性の病原体によって感染症が引き起こされることがある。

広範囲の火傷《やけど》、悪性腫瘍《しゅよう》、エイズ、膠原病《こうげんびょう》など、免疫力を極端に低下させる要因は様々だが、今回は妖刀による生命力の吸収によってそれが引き起こされてしまった。

生命力を妖刀に吸収されて体力が落ちていけば、いずれ自然と免疫力も低下する。そうなれば他の要因同様、日和見感染症を発症する危険性は高まるだろう。

日和見感染症の肺炎を発症すると、咳や発熱などの一般的な肺炎の症状に加えて、全身倦怠感《けんたいかん》や心肺機能の低下などが現れる。まさに総十郎の状態そのものと言える。

空洞淵たちに肺炎が感染しなかったのも、日和見感染症と考えれば筋がとおる。

肺炎を引き起こす病原体としては、ニューモシスチス・イロベチイと呼ばれる真菌や、サイトメガロウィルスなどが考えられるが、抗生剤も抗ウィルス薬も存在しない〈幽世〉での鑑別に意味はない。

ただ空洞淵の師である祖父は、過去に医者が匙《さじ》を投げたニューモシスチス肺炎の患者を皁莢丸《そうきょうがん》で治したことがあるので、概《おおむ》ね空洞淵の見立ては間違っていなかったと言っていいはずだ。

空洞淵の説明を、総十郎は何とも言えない表情を浮かべながら聞く。

「……とにかく拙者も父も、〈呪い〉ではなく、弱った者しか罹《かか》らない病を患《わずら》っていたということなのですね。ならば、父の〈呪い〉という言葉は……」

「たぶん、〈無刃刀〉が呪われてるから捨てろと、そう言っていたんだと思うよ。残念ながらその意図は伝わらなかったみたいだけど……」

朦朧《もうろう》とした意識の中での言葉だったのだから、真意が伝わらなかったのも致し方ないと言えるが……それでも総十郎は悔しげに涙を零した。

「……拙者は、父の本当の仇であった刀を後生大事に抱えながら、いもしない仇を追っていたのですね。おまけに、刀に操られて市井《しせい》の人を襲うという愚まで犯して……何という、うつけでしょう。もはや腹を切って詫《わ》びるしか……」

「きみの責任じゃない。まだ若いんだから、そう自分を追い詰めるものじゃない」

優しく諭すが、総十郎は納得しない。

「しかし……先生。拙者はこれからどうやって生きていきましょう。多くの方にご迷惑をお掛けしておきながら……一生掛かっても償いきれません」

「償いきれないなら、それはそれでいいんじゃないかな」

空洞淵はあえて気安く言う。

「人生なんてそんなものだよ。大抵の人が、志半ばにして命を落とす。たぶん僕もね。ただ一つだけ言えることは、真の償いは切腹のような、短絡的な行動で果たせるものじゃない。地道に、長い時間を掛けて、苦しみ抜いて果たすものだ。だから、きみに責任がないのは承知の上で、それでも償いたいのであれば、一刻も早く元気になって、そのあとでゆっくり償っていけばいい。焦る必要なんかないよ。きみは……まだ若いんだから」

「……っ」

声を詰まらせる。衰弱した身には少し厳しすぎたか、とも思ったが、総十郎は涙を堪えるように目元を手で覆《おお》い、それでも溢《あふ》れる嗚咽《おえつ》を零しながら、はい、とだけ答えた。


それからまた一ヶ月ほど経《た》った。

穂澄の献身的な看護のおかげもあり、総十郎はすっかり元気を取り戻していた。まだ若く、元々十分な体力があったのだ。美味《おい》しい食事でしっかり栄養を取り、温かい布団で寝ていれば、すぐに免疫も正常に機能するようになる。

空洞淵の薬による補助も多少は影響しているのだろうが、やはり大部分は総十郎が治りたいと強く願ったその意志の力だと思う。

元気になったところで、生きる目的も愛刀も失った総十郎はこれからどのようにして生きていこうか悩んでいる様子だったが……ひとまずは改めて父親の墓を参り、すべてを報告することに決めたようだ。

総十郎によれば、父親の墓は極楽街から遠く離れた地にあり、やり残した諸々の仕事をすべて終えて再び極楽街へ戻ってくるのは一年以上先のことになるという。

せっかく仲良くなれたのにと、悲しむ穂澄。しかし、必ず戻ってくるという総十郎の強い意志を汲《く》み、涙ぐみながらも最終的には彼を送り出す決意を固めた様子だった。

傍で見ているだけで胸を締めつけられるような心持ちになるが……これもお互いの成長のためと思い、綺翠とともに空洞淵はただ黙って見守った。

そしていよいよ明日には極楽街を立つという最後の夜。

早朝出立のため、皆、いつもより早く寝入ったのだが……空洞淵は、どうにも寝付けなくて、一人、濡《ぬ》れ縁《えん》に腰を下ろして月を見ていた。

ぼんやりと光害のない夜空を眺めながら、そういえば〈幽世〉へやって来てから、何故か月を見ることが多くなった気がする、と益体《やくたい》もないことを考える。

〈現世〉にいた頃など、ろくに空など見上げなかったというのに。

これがどういった心境の変化に基づくものなのかは自分でもよくわかっていないが、少なくとも今現在がとても健やかな心持ちであることだけは確かなので、それ以上のことは考えないようにしている。

何とはなしにため息を吐《つ》いたとき、一陣の風が吹き抜けた。

どこからともなく漂ってくる金木犀《きんもくせい》の芳香が鼻腔《びこう》をくすぐる。

ばたばたしているうちに、いつの間にか秋の風情《ふぜい》だった。紅葉もすっかり色づいて、のんびり構えているうちにすぐ冬になっているような気がする。

毎日が慌《あわ》ただしいとその分、時間の流れを早く感じる。子どもの頃、一年がとても長く感じられたのは……それだけ心に余裕があったからだろうか。

だから、空洞淵にとってはあっという間の年月であったとしても、まだ若い穂澄や総十郎にとっては、長いお別れになってしまうのかもしれない——。

湧《わ》き上がった郷愁にも似た感情にしんみりしていたら、ふと人の気配を感じた。

廊下のほうへ視線を移すと——。

「……先生、起きておられたのですか」

現れたのは総十郎だった。彼に貸している空洞淵の浴衣《ゆかた》が、もうすっかりとなじんでいた。この一ヶ月あまりで背が少し伸びたような気もする。次に会うときには、抜かれてしまっているかもしれない。

「総十郎さんこそ、寝なくていいのかい？　明日は早いよ」

「その……眠れなくて」

照れたように言って、空洞淵の隣へ腰を下ろした。

男二人、しばし黙って月を眺める。

空洞淵はその刹那《せつな》に確かな幸福を感じた。

「――空洞淵先生」

急に改まったように総十郎は口を開く。

「この度は……本当にありがとうございました。先生と出会わなければ……拙者は命を落としていたことでしょう。あなたは……命の恩人です」

もう何度目ともわからない総十郎からの感謝の言葉。空洞淵は苦笑を返す。

「いい加減、その言葉も聞き飽きたよ。何度も言ってるけど、苦しんでいる人に手を差し伸べるのが僕の仕事だ。僕が勝手にやったことなんだから……きみが恩を感じる必要なんかない」

「……先生のお優しさは十二分に理解しているつもりですが、やはりそういうわけには参りません。拙者は、この先の生涯を賭《と》して、あなたに恩返しをすると心に決めたのです」

「まあ……それできみが納得するなら、僕は全然構わないけど」

あまりに篤《あつ》い恩義を感じられてしまうと、逆に申し訳ない気持ちになってくる。

空洞淵としては、すべてが後手に回った対応で、どうにか最終的に辻褄《つじつま》を合わせたくらいのつもりしかないのだけれども……。

ただ、空洞淵はこの純朴で真面目《まじめ》な少年のことが好きだったので、そう真正面から敬意を向けられると嬉《うれ》しくなってしまう。

胸の奥に温かいものを感じていると、総十郎はまた畏まったように姿勢を正した。

「その……それで一つ、先生にお願いがあるのですが……」

「なに？」

「これからは……『兄上』とお呼びしてもよろしいでしょうか……！」

「――は？」

予想外の言葉に思考が停止する。

兄上。空洞淵が兄ということは、総十郎は弟ということになる。

それはつまり……。

「……え、穂澄との祝言《しゅうげん》を認めてほしいってこと？　駄目だよ、二人ともまだ若すぎるよ」

「ち、違います！」顔を真っ赤にし、慌てた様子で両手を振る。「そんな穂澄さんとの婚礼などと拙者などには畏《おそ》れ多い……！　ただ……望むことを許されるのであれば……是非にでも……」

ゴニョゴニョと聞き取りづらい声量で何かを呟いてから、気を取り直したように首を振る。

「その……拙者は天涯孤独の身の上でございます。父を亡くして以来、寄る辺《べ》ない闇《やみ》の中を進むような、心許《こころもと》ない日々を過ごしておりました。そんな望みのない中で、あなたという真に尊敬できる方と出会い、命を救われたのです。拙者にとってはもはや家族と同然の情愛を抱くお方……。そのような方を兄と慕うことは当然の行いであると存じます」

「……そうかなあ」

空洞淵は訝《いぶか》しんだ。それほどの恩義を感じられるようなことはしていないつもりなので、そこまで言われてしまうと恐縮するほかないのだけれども……。

ただまあ、総十郎がそうしたいというのであれば、空洞淵にそれを止める権利などない。実害があるわけでもないし……それに、もしかしたらいずれ本当に〈義弟〉になるかもしれないのだから。

「いいよ、好きに呼んで」

「本当ですか！　ありがとうございます！」心底嬉しそうに破顔する総十郎。「では、これからは拙者のことも、総十郎、と呼び捨てに……！」

「――わかった。それじゃあ、総十郎。務めを果たしたら、また必ず極楽街に戻ってきてね。みんなで待ってるから」

「はいっ！」

淡い月明かりに照らされて、男二人は固い握手を交わした。

それから総十郎は満ち足りた顔で告げた。

「――それでは、兄上。拙者はそろそろ床に戻ります」

「うん。身体《からだ》を冷やさないようにね」

ぺこりと頭を下げて歩み去る総十郎。

「あ、ごめん。最後に一つだけ聞いていいかな」

ふと気になることを思い出したので呼び止める。総十郎は、はい、と素直に足を止めて振り返る。

少しだけ躊躇《ためら》ってから、意を決して尋ねる。

「お父さんと旅をしていたとき……何か変わったことはなかったかな？」

「変わったこと、ですか？」

「何かの騒動に巻き込まれたとか……変わった人に会ったとか」

「変わった人、ですか……」顎《あご》に手を添えて考え込む総十郎。「――そういえば、旅の途中で、一時期同行していた男の方がいたのですが……今思えば、その方が少し妙で」

総十郎は、澄んだ瞳《ひとみ》を空洞淵に向けて言った。

「ずっと……狐の面を付けていたんです」

「なっ……！」

思わず言葉に詰まる。それほど予想外だった。

狐面《きつねめん》の男。それは近頃〈幽世〉で頻発している騒動の裏で暗躍している謎の人物だ。面を付けている以上、同一人物という確証は持てないが、〈幽世〉に混乱をもたらしているという共通項からも、同一人物、もしくは同一の思想を持った一団と見て間違いない。

そんな空洞淵の動揺には気づいていない様子で、総十郎は懐《なつ》かしげに言う。

「旅の途中で父と意気投合し、しばらく同行していました。名前もわからなかったので、拙者は『狐さん』と呼び慕っていたのですが……。いつしかどこかへ行ってしまいましたね。そういえば、あの方は父の〈無刃刀〉を、これは珍しいと、しきりに褒めそやしていたことがありましたか……。いやはや、今頃どこで何をされているやら……兄上？　どうかなさいましたか？」

黙り込む空洞淵に不思議そうな顔を向ける総十郎。空洞淵は慌てて笑顔を作る。

「……何でもないよ。ちょっと確認したいことがあったんだけど、大丈夫そうだ。引き留めてしまってごめん。ゆっくり休んでね」

意図が読めない様子で総十郎は首を傾《かし》げるが、結局素直に、わかりました、おやすみなさい、と立ち去って行った。

濡れ縁に一人残された空洞淵は、激しくなる鼓動を必死に抑えながら思考を巡らせる。

〈無刃刀〉が、生命力を奪う妖刀であるという仮説は――冷静に考えると実は少し奇妙なのだ。

総十郎は言った。

物部家は、〈幽世〉創世から続く剣客の家系であり、〈無刃刀〉は代々伝わってきた家宝だと。

しかし、もし〈無刃刀〉が最初から持ち主の生命力を奪う妖刀だったとしたら、三百年も家を存続させられただろうか？

たとえば、総十郎は〈無刃刀〉を引き継いで、およそ五年弱で瀕死《ひんし》の状態にまで陥ってしまった。生命力を奪うにしても、あまりにも奪いすぎてはいないだろうか。

仮に、毎世代十代半ばで〈無刃刀〉を引き継いできたとしても、五年以内に子を生《な》し、二十歳前後で命を落としていては、とても三百年も家系を存続させられるとは思えない。第一、そんなあからさまに強力な妖刀であれば、途中の世代の誰かが異変に気づき、早々に〈無刃刀〉を手放していたはずだ。

つまり、総十郎の代まで無事に〈無刃刀〉が引き継がれてきたことこそが、〈無刃刀〉に生命力を奪う機能が与えられたのが近代に入ってからであることを示している。

機能というか……これはもはや〈呪《のろ》い〉だ。

そして〈呪い〉の強さからして、おそらく総十郎の父の代からであろうと予想を付けて、念のため確認してみたが……導き出された答えは、予想外でありながらある意味予想どおりのものだった。

――狐面の男。

どうやら今回もまた、彼が裏で糸を引いていたようだ。

存在だけが匂《にお》わされながら、杳《よう》として姿を現さない騒動の黒幕。

月詠《つくよみ》のときとは異なり、あまりにも徹底しすぎていて不気味ですらある。

しかしながら、後手に回るしかないのが現状だ。相手の目的もわからなければ、何者なのかもわからない。

ただ、一つだけ言えることは……どうも空洞淵や綺翠の介入を想定して騒動を起こしている節があるということだ。

今回、総十郎が極楽街へ綺翠を訪ねてきたこともきっと偶然ではない。

狐面の男は、空洞淵たちに〈何か〉をさせるために、騒動を起こしている。

現状でわかっていることは――それくらいだ。

空洞淵はまた、ぼんやりと空を見上げる。

冷たい光を放っていたはずの月は、いつしか雲間に隠れて見えなくなっていた。


翌朝。

寝不足の重たい身体を引《ひ》き摺《ず》ってどうにか居間へ顔を出すと、すでに起き出していた穂澄と総十郎が仲睦《むつ》まじく朝食の支度をしていた。邪魔をしないようにと、そっと縁側に出ると、そこには先客の綺翠が座っていた。

おはよう、と声を掛けて隣に座ると、いつもより素っ気なくおはよう、と返ってくる。

ご機嫌斜めかな、と思いながらも空洞淵は穏やかに尋ねる。

「――いいのかい？」

敢《あ》えて抽象的な聞き方をするが、この状況で尋ねることなど総十郎と穂澄のことしかない。

総十郎が、しばらくこの家に宿泊することになったとき、綺翠は言っていた。穂澄に手を出したら許さない、と。だから、今の二人が仲睦まじげに食事の支度をしている状況を面白く思っていないのではないか、という問いだ。

すると綺翠は、珍しくふて腐れた様子で答えた。

「……昨日の晩ね、穂澄は私の布団《ふとん》に入り込んで来て、泣いてたの。総くんと離れたくないって。でも、男の子は旅に出るものだから、笑顔で送り出してあげないといけないんだって……そう言うの。それを見ちゃったら……まあ、旅立ちの朝くらいは多少大目に見てあげようと、私でも思うわよ」

綺翠だって、真面目な総十郎のことは憎からず思っているはずだったが、それ以上に穂澄のことを溺愛《できあい》しているので、色々と気を揉《も》んでしまっているのだろう。

だが……穂澄だっていつまでも子どもではない。

もう自分で決めて、自分で行動できるようになっているのだから……彼女の自由にさせてやらなければならない。

大人が口を挟む段階は、すでに終わっているのかもしれない、と空洞淵は少し寂しく思う。

「穂澄は……総十郎のことが好きなのかな」

「どうかしら……あの調子だと、自分の恋心には気づいていないみたいだけど。でも、離れている一年の間でそれに気づく可能性が高いわね。下手をすれば――私たちよりも先に祝言を挙げるかもしれないわよ？」

「おっと……」

どうやら藪《やぶ》を突いて蛇を出したようで、空洞淵は妙な相づちで誤魔化す。

祝言――つまり結婚。

それは、些《いささ》か逼迫《ひっぱく》して空洞淵の目の前に立ちはだかる大きな壁だ。

空洞淵が綺翠と交際を始めてもう半年以上が経過しているが……未《いま》だ大きな進展がない。それは今の関係が心地よいというのも影響しているけれども、一番はこの先どうやって進展すればいいのか、空洞淵自身がよくわかっていないというところが大きい。

空洞淵ももうすぐ三十になるのだから……いつまでも今の関係を続けていられないことくらいはわかっている。

わかってはいるものの……ままならないのが人生だ。

ちょうどそのとき、穂澄が食事の支度ができたと声を掛けてくれたので、これ幸いと居間へと逃げ込む。綺翠も諦《あきら》めたように深いため息を吐いてから、その後に続く。

四人での最後の朝食を終えると、いよいよ総十郎は旅に立つ。

空洞淵たちは境内へ出て、彼を見送る。

「それでは行って参ります。綺翠様、兄上、そして穂澄さん。大変お世話になりました。必ずやこのご恩を返しに戻って参ります」

深々と頭を下げて感謝を述べる総十郎を、綺翠は呼び止めた。

「——総十郎くん。餞別《せんべつ》よ」

言いながら綺翠が差し出したもの……それは一振りの日本刀だった。漆塗りの鞘《さや》が朝日を浴びて輝いている。総十郎は目に見えて困惑を示す。

「その、お気持ちは嬉しいのですが……今さら拙者は、人を殺《あや》める刀など持てませぬ」

餞別を固辞する総十郎。これまで彼は、人を斬《き》れない〈無刃刀〉だからこそ、安心して帯刀していたはず。ならば今さら刃の付いた日本刀など持ち歩けないというのも至極もっともだ。

しかし、そんな反応を予想していたように綺翠は微《かす》かに口元を緩める。

「抜いてご覧なさい」

そこまで言われてしまったら総十郎も嫌とは言えないだろう。不承不承といった様子で刀を受け取り、恐る恐る鞘から抜くと——。

「な……どうして……!?」

総十郎は瞠目《どうもく》して言葉を失う。傍で眺めていた空洞淵も同様に驚く。

何故《なぜ》なら、彼が今抜いた日本刀には——刃が付いていなかったのだから。

まさしくこれは、〈無刃刀〉に相違ない。

何が何だかわからない空洞淵たちに、綺翠は優しく告げる。

「総十郎くん、言っていたでしょう？　元々〈無刃刀〉は、御巫《みかなぎ》神社に納める宝刀の習作として作られたって。だから、ひょっとしてと思って金糸雀《カナリヤ》——〈国生みの賢者〉に話を聞いてみたんだけど……。そうしたら、彼女の屋敷の宝物庫にも一振り納められていてね。事情を話してもらってきたの」

確かに、金糸雀の住む〈大鵠庵《だいこくあん》〉ならば、三百年まえの遺物が残されていても不思議ではないが……それにしても何という幸運か。

言葉を失う総十郎に、綺翠は穏やかに言う。

「急に腰のものがなくなったら、道中心許ないでしょう。〈無刃刀〉ならばこれまでと同じ感覚で振るえるはず。それで修業しながら旅を続けて……戻ってきたときには、私より強くなっていなさい。もし私を負かすことができたら……そのときは一つだけ、あなたのお願いを何でも聞いてあげる」

何でも、ということは、穂澄と結婚させてほしい、という願いも聞いてあげるということだろうか。口では厳しく言いながらも、本質的に彼女はとても優しいのだ。空洞淵は微笑ましい気持ちになる。

しかし綺翠の本意には気づかなかった様子で総十郎は、わかりました、と力強く頷《うなず》く。

「――重ね重ねのご厚意、言葉もありません。必ずや成長を遂げて戻って参ります」

愛刀を――再び腰に帯びる総十郎。やはり総十郎には、帯刀している姿がよく似合う。

それから、改めて穂澄に向き直る。

「穂澄さん。本当はあなたに伝えたい言葉があるのですが……今はまだその域に達していないため秘めておきます。しかし……今一度こちらへ戻る日には、必ずや一回り大きな男になって参ります。その折に改めてお伝えいたしますので……どうかそれまでお待ちいただけますか」

「……うん。待ってる。いつまでも待ってるから……絶対に帰ってきてね……！」

穂澄は、涙を必死に堪《こら》えて笑顔を作り、それでも声の震えを抑えられないままそう告げる。

総十郎は満足そうに微笑むと、それでは、と振り返ることもなく神社の長い階段を降りていった。

総十郎の姿が見えなくなったとき、穂澄の頬を一筋の涙が伝う。

朝日を一際《ひときわ》強く照り返すその雫《しずく》は、何よりも美しい刹那の輝きだった。

参考文献

『傷寒雑病論』小曽戸丈夫編　谷口書店
『臨床応用　傷寒論解説』大塚敬節著　創元社
『金匱要略講話』大塚敬節主講・日本漢方医学研究所編　創元社
『神道　古神道　大祓祝詞全集』神道・古神道研究会著　弘道出版
『真言宗聖典』小林正盛編　森江書店
『おいしいきのこ　毒きのこ　ハンディ図鑑』大作晃一、吹春俊光、吹春公子著　主婦の友社
『毒きのこ　世にもかわいい危険な生きもの』写真　新井文彦、監修　白水貴、構成・文　ネイチャー&サイエンス　幻冬舎

本書は新潮文庫のために書き下ろされた。

イラスト　こより
デザイン　川谷康久（川谷デザイン）

あやかしの仇討《あだう》ち　幽世《かくりよ》の薬剤師《やくざいし》

新潮文庫　こ－74－9

令和七年五月一日発行

著者　紺《こん》野《の》天《てん》龍《りゅう》

発行者　佐藤隆信

発行所　株式会社新潮社

郵便番号　一六二―八七一一
東京都新宿区矢来町七一
電話　編集部(〇三)三二六六―五四四〇
　　　読者係(〇三)三二六六―五一一一
https://www.shinchosha.co.jp

価格はカバーに表示してあります。

乱丁・落丁本は、ご面倒ですが小社読者係宛ご送付ください。送料小社負担にてお取替えいたします。

印刷・錦明印刷株式会社　製本・錦明印刷株式会社

ISBN978-4-10-180303-6 C0193